Ingo Siegner
Eliot und Isabella
und die Jagd nach dem Funkelstein

W0224254

Dieses Buch gehört:

Ingo Siegner

Eliot und Isabella
und die Jagd nach dem Funkelstein

Roman für Kinder

Mit vielen Bildern von Ingo Siegner

GULLIVER
von BELTZ & Gelberg

Ingo Siegner, geboren 1965, lebt in Hannover. Er arbeitete in verschiedenen Berufen, zuletzt bei einem Veranstalter für Familienreisen, bevor er sich ganz dem Schreiben widmete. Seine Bücher vom kleinen Drachen Kokosnuss wurden in viele Sprachen übersetzt.
Bei Beltz & Gelberg erschienen von ihm ebenfalls *Eliot und Isabella und die Abenteuer am Fluss* sowie *Eliot und Isabella und das Geheimnis des Leuchtturms*.
Mehr Informationen über Ingo Siegner unter www.ingosiegner.de

FSC
www.fsc.org
MIX
Papier aus verantwortungsvollen Quellen
FSC® C089473

www.beltz.de
© 2008, 2010 Beltz & Gelberg
in der Verlagsgruppe Beltz · Weinheim Basel
Alle Rechte vorbehalten
Innenillustrationen von Ingo Siegner
Kolorierung von Ingo Siegner und Joy Lohmann
Lektorat: Barbara Gelberg
Neue Rechtschreibung
Einbandbild: Ingo Siegner
Einbandtypographie: von Zubinsky
Gesamtherstellung: Beltz Bad Langensalza GmbH, Bad Langensalza
Printed in Germany
ISBN 978-3-407-74192-9
6 7   16 15

Inhalt

Von Spätaufstehern und Stadtpampelmusen

Isabella zieht Eliots Bettdecke zurück: »Aufwachen, du Murmeltier!«

»Heda!«, ruft der Rattenjunge und zieht sich die Decke schnell wieder über den Kopf.

»Aber du wolltest mir die Stadt zeigen«, sagt Isabella.

»Doch nicht vor dem Aufstehen«, brummt Eliot.

»Eben, deshalb sollst du ja aufstehen«, erwidert Isabella und reißt die Vorhänge auf.

Die Morgensonne scheint in die Dachkammer hinein. In der Küche klappert Geschirr und Schokoladenduft weht herüber.

»Eeeliot!«, ruft Eliots Mutter. »Früüüühstück!«

»Siehst du«, sagt das Rattenmädchen.

»Hmpf«, grummelt Eliot. »Jeden Morgen dasselbe. Wieso muss man immer *morgens* aufstehen?«

»Weil die Sonne auch morgens aufsteht«, grinst Isabella.

»Das ist ungerecht. Die Sonne ist Frühaufsteherin, ich bin Spätaufsteher.«
»Eine Schlafmütze bist du«, lacht Isabella. »Schlafmütze, Hafergrütze!« Und mit einem Ruck zieht sie Eliots Bettdecke endgültig fort.
»Unverschämtheit!«, protestiert der Rattenjunge. Insgeheim aber freut er sich schon lange darauf, Isabella durch seine Stadt zu führen. So gibt er sich einen Ruck, steht auf, kleidet sich an und schlurft zum Frühstückstisch.
»Und wo ist Papa?«, fragt er und nippt an der heißen Schokolade.
»Papa schläft noch«, antwortet Eliots Mutter.
Stimmt ja, denkt Eliot. Sein Vater ist auch Spätaufsteher. Er ist nämlich ein Geschichtenerzähler. Das kann er am besten nachts, wenn es still ist hier oben im Rathausturm. Dann, sagt sein Vater, braucht er nur zum Fenster hinauszuschauen, über die Dächer, die im Mondlicht leuchten, und schon fallen ihm die tollsten Geschichten ein: von gefährlichen Dachkatern und mutigen Ratten, von gefräßigen Uhus und gewitzten Mäusen, von wütenden Bäckermeistern und lauernden Kammerjägern. Die Geschichten schreibt er auf, bis tief in die Nacht hinein, und morgens kommt er nicht aus den Federn. Genau wie Eliot.
Eliots Mutter aber ist Frühaufsteherin. Manchmal, ganz

früh am Morgen, wacht Eliot von dem Kaffeeduft auf, der durch die Dachwohnung zieht. Dann schleicht er auf Zehenspitzen ins Atelier, kuschelt sich in den großen Ohrensessel und schaut seiner Mutter beim Malen zu. Eliots Mutter ist nämlich Malerin. Mit dem ersten Sonnenstrahl beginnt sie zu arbeiten. Eliot hört, wie der Pinsel über die Leinwand streicht, und sieht die Farben im Morgenlicht funkeln. Oft schlummert er dann wieder ein. Denn eigentlich ist er ja Spätaufsteher.
»Hee, Eliot, du kleiner Träumer, aufwachen!«, ruft Isabella.
»Huch! Wo bin ich?« Eliot ist am Tisch eingeschlafen, direkt vor seiner heißen Schokolade. Die ist jetzt nur noch eine warme Schokolade.
Eliot gähnt und brummt: »Warum gibt es eigentlich Frühaufsteher und Spätaufsteher? Ist doch unpraktisch.«
»Wieso?«, erwidert Isabella. »Die Frühaufsteher decken den Frühstückstisch und die Spätaufsteher räumen wieder ab. Ist doch praktisch.«

»Sehr lustig«, sagt Eliot. »Aber dazu fällt mir etwas ein!« Plötzlich ist er hellwach und läuft in sein Zimmer.
»Was hat er denn nun?«, fragt Isabella.
»Wahrscheinlich ist ihm gerade ein Gedicht eingefallen«, murmelt Eliots Mutter.
Da kommt Eliot mit Bleistift und Papierblock zurück: »Wie findet ihr das:

Der eine steht frühmorgens auf,
der andre erst am Tage,
so ist nun mal der Weltenlauf,
das hält sich so die Waage.
Der eine isst ein Frühstücksei,
der andre auch gern sieben,
dem Dritten ist das einerlei,
wir sind nun mal verschieden.«

»Gar nicht so übel für einen Spätaufsteher«, grinst Isabella. »Aber jetzt müssen wir los, damit ich noch etwas von der Stadt sehe. Ich muss die nächste Biberfähre nach Hause kriegen. Die Ferien dauern doch nur noch ein paar Tage.«
Wie schade, dass Isabella auf dem Land und nicht in der Stadt wohnt, denkt Eliot. Wenn er sie nicht getroffen hätte, als er damals vom Hochwasser mitgerissen und aufs Land hinausgetrieben wurde, wäre er womöglich gefressen worden oder es wäre noch viel Schlimmeres passiert! Isabella hat

ihm das Leben gerettet und ihn sogar zurück in die Stadt begleitet. Allein hätte er das nie geschafft.

»Hm«, sagt Eliot. »In der Stadt gibt es so viel zu gucken, da weiß ich gar nicht, wo wir anfangen sollen. Du bist ja ein Landei. Du kennst ja überhaupt nichts!«

»Wenn ich ein Landei bin«, sagt Isabella beleidigt, »dann bist du eine Stadtpampelmuse!«

»Hey, du Stadtpampelmuse!«, grinst Eliots Mutter. »Geh doch mit Isabella zum Jahrmarkt. Dort gibt es einen Bären, der jonglieren kann.«

»Uii, ein Jonglierbär!«, staunt Isabella. »Hab ich noch nie gesehen!«

»Hihi«, grinst Eliot. »Bist eben doch ein Landei.«

»Pah!«, entgegnet Isabella. »Ich weiß nicht, ob ich mit einer ollen Stadtpampelmuse auf den Jahrmarkt gehen will!«

»Na gut, das Landei nehme ich zurück«, sagt Eliot und wird rot wie eine kleine Tomate. »Ich sag auch nie wieder Landei zu dir.«

»Einverstanden«, sagt Isabella. »Und ich sage auch nie wieder Stadtpampelmuse zu dir. Höchstens kleine Tomate, hihi.«

Müffelmanni, ein Bär und ein Lutschekern

Der Jahrmarkt findet auf dem Marktplatz statt und der Marktplatz liegt gleich vor dem Rathaus. So müssen Eliot und Isabella nur die Treppe des Rathausturmes hinunterlaufen und durch ein geheimes Loch in der Mauer schlüpfen. Hinter der Mauer, am Rande des Jahrmarkts, wächst ein großer Holunderbusch. Die beiden verstecken sich unter den Holunderblättern und gucken dem Treiben auf dem Jahrmarkt zu.
»Ui, hier ist ja was los!«, staunt Isabella.
Überall wimmelt es von Buden und Ständen. Unzählige Menschen drängen sich um Artisten, Zauberer und Feuerschlucker, die ihre Kunststücke vorführen. Ein Drehorgelspieler zieht über den Platz, es gibt ein Karussell und sogar den stärksten Mann der Welt.
Vor dem Holunderbusch, direkt vor ihren Augen, steht ein

großer Braunbär. Er ist angekettet und jongliert mit kleinen, bunten Bällen. Das Publikum steht dicht gedrängt und bestaunt den Jonglierbären.

»Der ist aber riesig«, sagt Isabella. Plötzlich rümpft sie die Nase: »Irgendetwas müffelt hier.«

Auch Eliot schnuppert: »Stimmt, es riecht ein bisschen.«

»Bisschen? Ich finde, es stinkt.«

»Hihi«, grinst Eliot. »Du hast recht. Und ich glaube, ich weiß, wer das ist. Komm mit!«

Leise schleichen die beiden unter dem Blattwerk hindurch, immer dem Geruch nach. Am Rande des Busches sehen sie einen Rattenjungen sitzen. Er hat eine große Papiertüte auf dem Schoß und schaut gebannt dem Bären zu.
»Hallo Manni!«, ruft Eliot.
Der Rattenjunge zuckt zusammen: »Manno, Eliot, hast du mich erschreckt!« In diesem Moment erblickt er Isabella. »Oh, äh, ups!«, stottert er. »W-wer ist das denn?« Schnell steht der Rattenjunge auf und wischt sich einen Sahneklecks von der Schnauze.
»Das ist Isabella«, erklärt Eliot. »Sie wohnt auf dem Land und ist zu Besuch in der Stadt.« Und zu Isabella gewandt: »Das ist Manfred, genannt Manni.«
Ganz leise flüstert Eliot dem Rattenmädchen ins Ohr: »Er wird auch Müffelmanni genannt.«
Verlegen stottert Manni: »Aha, oh, ja, Isabella, wie schön! Freut mich, dich kennenzulernen!«
»Freut mich auch«, grinst Isabella.
»Manni ist eine Kanalratte«, erklärt Eliot. »Und Rennfahrer.«
»Rennfahrer?«, wiederholt Isabella.
Da wird Manni rot und antwortet: »Ich habe ein Cabriolet. Es ist knallrot und fährt wie eine Eins! Na ja, mindestens wie eine Zwei. Wenn du willst, können wir ja mal einen

Ausflug machen. Ich meine, du und ich und ich und du, wenn du verstehst, was ich meine.«
»Klar, und Eliot kommt auch mit!«, sagt Isabella.
»Genau, ist doch genug Platz!«, sagt Eliot.
»Äh, logo, haha«, lacht Manni.
Eliot blickt auf Mannis Papiertüte: »Was isst du denn da?«
»Was? Och, da sind nur Windbeutel* drin.«
»Windbeutel!«, strahlt Eliot. »Lecker! Wo hast du die her?«
Manni räuspert sich: »Tja, äh, das, äh, ist ein Geheimnis, ein sehr geheimes Geheimnis!«
»Bestimmt hast du sie stibitzt«, sagt Eliot.
»Also, ich habe sie nicht stibitzt!«, antwortet Manni entrüstet. »Ich habe sie nur dem Stibitzer stibitzt und das ist ja eigentlich kein Stibitzen. Hihi, aber wenn ihr wüsstet, wem ich die Windbeutel stibitzt habe! Das glaubt ihr nie!«
»Hm, kenne ich den?«, fragt Eliot.
»Sag ich nicht. Aber den kennst du bestimmt!«
»Ist der nett oder blöd?«, fragt Eliot.
»Total blöd!«, antwortet Manni. »Jetzt sag ich aber nichts mehr.«
»Wohnt der unter der Erde oder über der Erde?«, fragt Isabella.

* Windbeutel sind mit Brandteig gebacken und meistens mit süßer Sahne gefüllt. Sie werden auch Ofenküchlein genannt, und wenn sie ganz klein sind, heißen sie Profiteroles, eine italienische Nachspeise.

»Äh«, überlegt Manni. »Ich glaube, unten. Und ab jetzt kriegt ihr nichts mehr aus mir heraus!«
»Kannst du uns nicht noch einen winzigen Tipp geben?«, bittet das Rattenmädchen.
»Na gut, aber dann sage ich wirklich nichts mehr! Also, sein Lieblingsessen ist so ein gebogenes Dings und heißt Bockwurst. Aber ab jetzt sage ich gar nichts mehr!«
»Hab ich's mir doch gleich gedacht!«, sagt Eliot. »Bocky Bockwurst!«
»Bocky?«, sagt Isabella. »*Der* Bocky, dieser Rüpelbubi?«
Wenn Isabella nur an Bocky denkt, wird sie wütend wie eine Rakete! Die letzte Begegnung mit Bocky Bockwurst und seiner Rattenbande wäre beinahe schiefgegangen ...*
»Na gut, das habt ihr rausgekriegt«, brummt Manni und kratzt sich am Kopf. »Aber ihr erratet nie, wo Bocky die Windbeutel versteckt hat! Wenn ihr das wüsstet, dann würdet ihr aber so was von Bauklötze staunen!«

* Siehe »Eliot und Isabella und die Abenteuer am Fluss«

»Bestimmt unten in der Kanalisation«, überlegt Eliot. »In irgendeiner geheimen Ecke.«
Manni hüpft vor lauter Gekichere auf und ab: »Ganz falsch! Ganz falsch, hihi! Voll das Gegenteil!«
»Doch nicht oben auf dem Dach?!«, fragt Eliot verblüfft.
»Ich sag nichts, ich sag nichts! Aber das mit dem Dach stimmt!«
»Aber«, erwidert Eliot verblüfft, »kein Rattenkind wagt sich auf die Dächer.«
»Wieso das denn?«, fragt Isabella.
»Dort lebt Schredder«, erklärt Eliot.
»Wer ist denn Schredder?«, fragt das Rattenmädchen.
»Das ist ein großer Kater. Er schleicht da oben herum und frisst alles, was sich bewegt. Der ist wirklich gefährlich. Wer weiß, wie viele Ratten, Mäuse und Vögel der schon auf dem Gewissen hat!«
»Aber du lebst doch selbst ganz oben unterm Dach.«
»Der Rathausturm ist zu hoch«, sagt Eliot. »Aber die normalen Dächer sind Schredder-Gebiet. Da traut sich keine Ratte hin.«
»Ich schon!«, sagt Manni stolz. »Ich stöbere manchmal auf den Dachböden herum, wenn ich für mein Cabrio etwas suche. Vorgestern zum Beispiel habe ich dort oben einen Eins-a-Rückspiegel gefunden. Und heute Morgen, da stöbere ich wieder, und da schaue ich z-u-f-ä-l-l-i-g aus dem Dachfenster, und, gucki-gucki, was sehe ich?«

»Bocky Bockwurst!«, sagt Isabella und grinst.
»Genau!«, sagt Manni. »Ich schaue und schaue, und was sehe ich? Dort oben hat der Bocky ein Versteck, einen Verschlag!«
»Ist der lebensmüde?!«, ruft Eliot.
»Hab ich mir auch gesagt!«, erwidert Manni. »Ich hab gleich gedacht, bei dem Bocky sind doch die Rohre verstopft*, so leichtsinnig, wie der da auf dem Dach herumturnt! Und als er mit seiner Bande wieder abgezogen ist, hab ich mir das mal angeguckt.«
»Den Verschlag?«, fragt Eliot ungläubig.
»Klar! Hab mich natürlich erst mal total nach allen Seiten

* Redensart unter Ratten; bei den Menschen heißt das zum Beispiel: Jemand hat nicht alle Tassen im Schrank.

umgeschaut, wegen Schredder. Bin ja nicht blöd. Als die Luft rein war, bin ich hin.«

»Und?«, fragen Eliot und Isabella.

»Was, und?«

»Was war drin in dem Verschlag?«

»Na, Windbeutel!«, sagt Manni.

»Nur Windbeutel?«, fragt Eliot.

»Na ja, die lagen natürlich nicht einfach so herum. Also, ich komm rein und da steht eine Kiste. Die ist mit einem Riesenschloss gesichert. Da denke ich, wieso steht hier die Kiste, und wieso ist die verschlossen, als wäre ein Schatz drin? Hab ich eben das Schloss geknackt. Du weißt ja, Schlösser knacken ist Mannis Spezialität! Und was war drin in der Kiste? Windbeutel! Und zwar so viele, da ist es gar nicht aufgefallen, dass ich mir ein paar genommen habe. Die Kiste und den Verschlag habe ich wieder fein verschlossen und mich verpieselt.«

In diesem Moment klatschen die Zuschauer dem Bären Beifall. Flink verstecken sich die Rattenkinder hinter dem

Holunderstamm. Der Braunbär verbeugt sich, gähnt, lässt sich am Holunder nieder und kullert sich zusammen. Zuerst schauen die Menschen noch neugierig, doch bald achtet keiner mehr auf den schlafenden Riesen.
Die Rattenkinder blicken auf die schwere Kette, die der Bär um das Fußgelenk trägt. Dann bestaunen sie das weiche Fell und die großen Tatzen mit den langen Krallen. Die Tatze ist so nah, dass sie sie berühren könnten. Plötzlich schnüffelt der Bär. Er öffnet erst ein Auge, dann das andere. Erschrocken weichen die Rattenkinder zurück.
Der Bär schnüffelt erneut und brummt: »Was riecht denn hier so streng?«
»Ähm, das sind wir«, sagt Eliot schnell und blickt kurz zu Müffelmanni hinüber. »Wir haben dir beim Jonglieren zugeschaut.«
Der Bär rümpft die Nase: »Rattenkinder. Ihr kommt wohl geradewegs aus der Kanalisation.«
Manni schluckt: »J-j-ja, st-stimmt ge-genau.«
»Und in der Tüte da, sind da etwa Windbeutel drin?«
»Äh, ja«, stottert Manni. »Ganz frisch.«
»Aha, soso. Und hat euch meine Vorstellung gefallen?«
»Du, äh, du warst spitze!«, sagt Eliot.
»Supidupi!«, sagt Isabella.
»Megaoberspitzensahnegigamäßig!«, sagt Manni.

»Danke«, erwidert der Bär. »Findet ihr nicht, dass ich dafür einen Windbeutel verdient habe? Ich liebe Windbeutel!«
Die Rattenkinder blicken einander an.
Da sagt Isabella: »Manni gibt dir bestimmt gerne einen ab!«
»Äh, ach so, sicher, Moment«, stottert Manni und holt einen Windbeutel aus der Tüte. »Hoppala, nanu, der ist ja viel schwerer als die anderen!«
»Bestimmt mit extra schwerer Sahne«, sagt Eliot.

Manni legt den Windbeutel in die Bärentatze und verteilt auch die restlichen Windbeutel.
»Köstlich!«, sagt Isabella.
»Hjam, schmeckt ja wie Hulle!«, jauchzt Eliot.
»Bei mir ist sogar ein Lutschekern drin«, grinst der Bär.
»Hihi«, kichert Eliot. »Windbeutel mit Lutschekern! Hab ich ja noch nie gehört!«
»Schmeckt aber nach nichts«, brummt der Bär und schluckt den Lutschekern – schluckdiwupp – hinunter.

»Ah, lecker, so ein Windbeutel!«, brummt der Bär zufrieden. »Ich heiße übrigens Bruno.«
»Das sind Isabella und Manni, und ich bin Eliot.«
»Solch nette Rattenkinder treffe ich selten«, sagt Bruno der Bär. »Obwohl ich sehr viel herumkomme in der Welt.
Dann räuspert er sich: »Ähm, sagt mal, ihr Rattenkinder, könntet ihr mir nicht noch ein paar von diesen leckeren Windbeuteln besorgen? Dann hätte ich einen schönen Reiseproviant. Heute Mittag zieht der Jahrmarkt nämlich weiter, in die Berge!«
Eliot und Isabella blicken zu Manni. »Gehen wir doch einfach zu dem Verschlag und holen für Bruno noch ein paar«, schlägt Isabella vor und springt auf.
»Aber, äh, Isabella«, stottert Eliot. »Auf den Dächern ist es mordsgefährlich. Du kennst Schredder nicht. Gegen den ist der Fuchs so harmlos wie ein Quietsche-Entchen.«*
»Dann geh ich eben allein. Mit so einem zerzausten Dachkater werde ich noch lange fertig.«
»Au Backe!«, stöhnt Eliot. »Na gut, ich komme mit.«
»Aber ohne mich findet ihr den Verschlag nicht«, sagt Manni. »Und außerdem ist das sowieso mein Geheimnis und das verrate ich nicht so schnell!«

* Siehe die Geschichte mit dem gefräßigen Fuchs in »Eliot und Isabella und die Abenteuer am Fluss«

»Ich würde es lieber verraten«, sagt Isabella. »Dann musst du das Geheimnis nicht ganz alleine hüten.«
Manni kratzt sich am Kopf und überlegt.
Da meldet sich Eliot: »Drei können sich ein Geheimnis viel leichter merken als einer allein. Stell dir vor, du vergisst dein Geheimnis. Das kann passieren, besonders, wenn es ein sehr geheimes Geheimnis ist. Wenn du dann niemanden hast, den du fragen kannst, ist das Geheimnis futsch.«
»Ach so«, murmelt Manni. »Hm, so habe ich das noch gar nicht betrachtet. Also gut, einverstanden.«
»Aber beeilt euch«, sagt Bruno und blickt sich um. »Die ersten Stände werden schon abgebaut.«

Der geheime Verschlag

»Seht ihr«, flüstert Manni. »Dort drüben ist es!«
Über geheime Gänge und versteckte Schächte haben sich die Rattenkinder auf den Dachboden geschlichen und gucken nun aus einer kleinen Luke auf das gegenüberliegende Dach. Am Fuße eines Schornsteins sehen sie den hölzernen Verschlag.
»Und das Schloss kriegst du auch auf?«, fragt Isabella.
Manni grinst und holt einen kleinen Draht hervor: »Schlösser sind meine Spezialität!«
»Aber wie kommen wir da hinüber?«, fragt Eliot.
»Nichts leichter als das«, antwortet Manni. »Folgt mir!«
Der Rattenjunge klettert aus der Luke und schaut nach allen Seiten, ob die Luft rein ist. Dann rutscht er über die Dachziegel bis zur Regenrinne hinab und springt mit einem Satz hinüber.

Eliot schluckt: »D-das ist aber g-g-gefährlich!«

Isabella grinst: »Du musst nur tief Luft holen, einfach runterrutschen und springen.«

»Einfach runterrutschen und springen«, wiederholt Eliot. »U-und wenn ich abrutsche? D-das ist doch total tief!«

Isabella überlegt: »Dann bleib du hier und halte Wache. Wenn Bocky auftaucht, dann pfeifst du einfach ganz laut.«

»Gute Idee, Isabella!«, sagt Eliot erleichtert.

Das Rattenmädchen schlüpft aus der Luke, rutscht bis zur Dachrinne und landet im Nu auf der anderen Seite. Sie winkt Eliot noch einmal zu und folgt Manni, der schon im Verschlag verschwunden ist.

Eliot blickt mit Adleraugen über die Dächer. Hoffentlich beeilen sich die beiden – wer weiß, wann Bocky wiederkommt!

Die Sonne strahlt warm auf die Dächer hinab. Am Horizont aber stehen dunkle, schwere Gewitterwolken.

Langsam wird Eliot ungeduldig. So lange kann es doch nicht dauern, eine Kiste aufzumachen und ein paar Windbeutel herauszuholen. Was machen die nur so lange?

Da erschrickt der Rattenjunge. Was war das? Auf dem Dach drüben war doch eine Bewegung. Dort, ein Schatten! Oh nein, hoffentlich nicht Bocky und die Rattenbande!

Eliot erstarrt. Es ist Bocky! Flink springen er und seine drei

Spießgesellen über den Dachfirst. Jetzt nur schnell pfeifen! Wie ging das noch? Finger in den Mund stecken und pusten! Aber das klappt überhaupt nicht, sosehr Eliot sich auch anstrengt.

»Isabella!«, ruft er vorsichtig. »Manni!«

Oh nein, viel zu leise, und wenn ich lauter rufe, dann hört mich Bocky. Eliot ist verzweifelt. Jetzt sieht er, wie die Rattenbande zum Verschlag hinunterklettert!

Da fällt ihm etwas ein. Schnell durchsucht er das Gerümpel auf dem Dachboden. Ha! Hab ich vorhin doch richtig gesehen – ein alter Lautsprecher!

Der Rattenjunge hält den Lautsprecher an den Mund und ruft: »Achtung, Achtung! Hier spricht die Polizei! Wer nicht sofort wegrennt, wird festgenommen! Und wer wegrennt, wird auch festgenommen! Es wird sowieso jeder festgenommen, ob er wegrennt oder nicht!«

Vorsichtig blickt Eliot aus der Dachluke. Bocky und seine Bande stehen auf dem Vorsprung und sehen sich verblüfft um. Na los, warum rennt ihr nicht weg, denkt Eliot. Dann

spricht er wieder durch den Lautsprecher: »Achtung, Achtung! Hier spricht die Polizei! Spezialeinheit! Alles ist umstellt! Außer da, wo ihr hergekommen seid. Dorthin könntet ihr noch flüchten, aber wir kriegen euch bestimmt trotzdem! Besser, ihr rennt jetzt sofort weg, sonst geht es euch ganz schön an den Kragen!«
Da hört er, wie Bocky ruft: »Los, alle abhauen!«
Wieder guckt Eliot durch die Luke. Die Rattenbande klettert am Schornstein hinauf und verschwindet auf der anderen Seite des Daches. Ein Glück!
Erleichtert ruft Eliot: »Isabella, Manni, die Luft ist rein!«
Manni guckt aus dem Verschlag heraus: »Bravo, Eliot, das war prima!«
»Was macht ihr denn da drüben so lange?«, fragt Eliot.
»Isabella wollte, dass ich ihr zeige, wie man das Kisten

schloss mit dem Draht öffnet«, antwortet Manni. »Das dauert etwas, aber sie hat es gleich geschafft.«

Seltsam, denkt Eliot, in der Kiste sind doch nur Windbeutel. Und er ruft zu Manni hinüber: »Wieso hängt da eigentlich ein Schloss dran?«

Da ruft plötzlich jemand: »Das möchtest du wohl gerne wissen!«

Eliot bekommt einen Riesenschreck. Das war Bockys Stimme! Blitzschnell springt die Rattenbande hinter dem Schornstein hervor und überwältigt den armen Manni.

»Isabella, lauf weg!«, schreit Eliot.

Doch zu spät! Auch Isabella wird gefangen genommen.

»Ihr feigen Erdbeeren!«, ruft Isabella wütend und tritt wild um sich.

»Hähä«, lacht Bocky hämisch. »Das habe ich doch schon mal gehört! Diesmal hilft euch keine Rosi*. Das hier ist mein Revier! Fesselt ihnen die Pfoten auf dem Rücken!«

»Wehe, ihr tut Isabella weh, dann bekommt ihr es mit mir zu tun!«, ruft Eliot.

»Oho, willst du uns verprügeln?!«, grinst Bocky. »Du traust dich bestimmt nicht einmal, hier herüberzuspringen!«

Bockys Gesellen brechen in spöttisches Gelächter aus.

* Siehe »Eliot und Isabella und die Abenteuer am Fluss«

Eliot aber ist so wütend, dass ihm Tränen in die Augen treten.
Plötzlich ruft Isabella: »Eliot, renn weg, schnell!«
Da fällt ein großer Schatten auf die Dachluke. Und noch ehe Eliot weglaufen kann, wird er von messerscharfen Krallen gepackt.

Schredder, der Dachkater

Der riesige Dachkater Schredder hat ein zotteliges Fell und spitze, furchterregende Zähne. Mit seiner Pfote hält er den kleinen Eliot fest umschlossen: »Bist du das, der vorhin diesen Rabatz gemacht hat, von wegen Polizei?«
»Äh, ja, äh, kleiner Scherz«, antwortet Eliot zitternd.
»Scherz, soso. Dann könnte ich dich doch jetzt mal ein bisschen auffressen, zum Scherz, hähä!«
»Oh, ich, ehm, ich kö-könnte dir ein Gedicht aufsagen.«
»Ich hasse Gedichte!«, erwidert Schredder harsch.
Eliot überlegt schnell und sagt: »A-aber dieses magst du vielleicht:

> Die größte Katze dieser Stadt
> ist Schredder, Kater Nimmersatt!
> Wenn ein Tier ihn auch nur wittert,
> es vor Ehrfurcht schwitzt und zittert,

selbst der schlimmste Straßenköter
fällt vor Schreck auf seinen Pöter!«

»Höhö«, grinst Schredder. »Nicht schlecht, aber ich werde dich trotzdem fressen. Außer, du beantwortest mir drei Fragen.«

»J-ja?«, flüstert Eliot mit erstickter Stimme.

»Erste Frage: Wer ist der schönste Kater im ganzen Land?«

»Äh, ehm, das bist d-du, Schredder.«

»Richtig! Zweite Frage: Wer ist der schlauste Kater im ganzen Land?«

»Äh, auch d-du.«

»Genau! Und jetzt die dritte Frage. Die ist am schwierigsten: Vor wem haben Ratten am meisten Angst?«
»Öhm, äh, v-vor d-dem großen Schredder?«
»Bravo, mein Kleiner, hähä!«, schnurrt Schredder, springt mit einem mächtigen Satz hinüber zum Verschlag und gibt Eliot frei. »Fesselt ihn, ich werde ihn später verspeisen. Also, Bockylein, wo ist mein Geschenk?«
»Liebster Schredder, es ist mir eine Ehre!«, sagt Bocky und befiehlt: »Holt die Kiste!«
Während zwei Rattenjungen die Kiste aus dem Verschlag tragen, fesselt der dritte Eliot und schubst ihn zu Isabella und Manni, die gefesselt an der Schornsteinmauer kauern.
»Hatte ich eine Angst, dass du gefressen wirst!«, flüstert Isabella.
»Puh, und ich erst!«, sagt Eliot so leise, dass er kaum zu hören ist.
»Jetzt werden wir sterben, alle drei«, wimmert Manni. »Oh, hätte ich doch nur nicht diesen Verschlag entdeckt!«
»Noch sind wir ja nicht tot«, flüstert Isabella. »Habt ihr das gehört? ›Liebster Schredder!‹, hat Bocky zu diesem Zottelkater gesagt. Der tickt wohl nicht richtig.«
»Ob die w-wohl b-befreundet sind?«, stottert Manni.
»Klappe halten!«, ruft Bocky. Er zieht einen Schlüssel aus der Hosentasche und öffnet die Kiste. »Liebster Schredder,

hier drin findest du bitte schön mein Geschenk an dich! Diese drei kleinen Ratten da drüben wollten es stehlen, doch ich habe die Kiste gut verschlossen, hähä.«

Als der Kater die Windbeutel sieht, fragt er ärgerlich: »Was soll das?«

Bocky lächelt geheimnisvoll: »Ich musste mir doch ein Versteck für das Geschenk ausdenken. Und da ich weiß, wie sehr du Windbeutel magst, habe ich einfach alle Windbeutel der Stadt eingesammelt und es in einem versteckt.«

Da verzieht sich Schredders Schnauze zu einem breiten Grinsen: »Alle Achtung, Bockylein! So eine geniale Idee habe ich dir gar nicht zugetraut.« Und schon macht der Kater sich über die Windbeutel her. Im Nu ist seine Schnauze voller Sahne. »Ich hoffe, ich werde dein Geschenk nicht verschlucken.«

Bocky winkt ab: »Aber nein, liebster Schredder, der Funkelstein ist so groß, den wirst du unmöglich übersehen.«

Da flüstert Isabella: »Habt ihr das gehört? In einem der Windbeutel soll ein Funkelstein sein!«

»Deshalb war die Kiste verschlossen«, murmelt Eliot.

»Ein Funkelstein?«, fragt Manni.

»Das ist ein wertvoller Edelstein«, flüstert Eliot. Er stockt, denn plötzlich hat er eine Ahnung: »Der Lutschekern!«

»Auweia!«, murmelt Isabella. »Brunos Lutschekern war der Funkelstein. Dann liegt der jetzt im Bärenmagen.«
»Oh nein!«, jammert Manni. »Alles meine Schuld!«
»Da kann dieser zottelige Kater ja lange fressen«, flüstert Isabella.
»He, ihr drei!«, ruft Bocky. »Klappe halten, hab ich gesagt!«
»Hehehe«, grinst Schredder und stößt einen gewaltigen Sahnerülps aus. »Ganz schöne Plappermäuler.«
»Du hast völlig recht«, sagt Bocky und lächelt wichtigtuerisch. »Richtige Quasselstrippen. Sie werden dir sicher gut schmecken! Und wenn sie gefressen sind, dann quasseln sie ja auch nicht mehr.«
Schredder schleckt mit der Zunge über seine spitzen Zähne und blickt gierig zu den drei gefesselten Rattenkindern hinüber. Eliot, Isabella und Manni zucken zusammen.

Doch dann wendet sich der Kater wieder den Windbeuteln zu, frisst einen nach dem anderen, bis nur noch ein einziger Windbeutel in der Kiste liegt.
»So, jetzt kommt der letzte«, brummt Schredder und rülpst. »Mir ist schon ganz schlecht.«

»Äh, schon der letzte?«, sagt Bocky, schaut in die Kiste und lacht: »Hahaha! Das Beste kommt immer zum Schluss!«
Vorsichtig nimmt Schredder den Windbeutel heraus, betrachtet ihn von allen Seiten und schnurrt: »Mir scheint, er ist etwas schwerer als die anderen.«
»Nun ja, so ein Funkelstein wiegt schon etwas«, sagt Bocky und zwirbelt zufrieden sein Schnurrbarthaar.
Der Kater leckt sich das Maul, beißt ein Stück ab und kaut langsam darauf herum. Er beißt ein weiteres Stück ab und zerkaut es wiederum langsam und bedächtig. Auch das dritte, vierte und letzte Stückchen des Windbeutels zerkaut Schredder – doch von dem Funkelstein keine Spur.
Bocky schaut verwirrt in die Kiste, lächelt unsicher und sagt: »Und, wo ist er? Du willst mich foppen, nicht? Bestimmt hast du den Funkelstein in deinem Maul versteckt.«
Die Augen des Katers blicken böse auf Bocky herab. Blitzschnell packt er ihn und faucht: »Siehst du irgendeinen Funkelstein in meinem Maul?«
»Nnnnein«, stottert Bocky. »A-a-a-ber das gibt's doch nicht. I-i-i-ich h-habe den Funkelstein-Windbeutel d-doch selber i-i-in die Kiste getan!«
»Da ist kein Funkelstein!«, faucht Schredder wütend.
»A-aber«, stottert Bocky wieder, als sein Blick auf die drei Gefangenen fällt. »Die da, die haben ihn gestohlen!«

Der Kater wendet sich um: »Habt ihr den Funkelstein?«
»Nee«, antwortet Isabella.
»Das wüsste ich«, antwortet Eliot.
»Äh, nein, also das heißt, äh …«, stottert Manni.
Da packt Schredder mit der anderen Pfote den kleinen Manni, springt auf das Dach, hält den Rattenjungen über den Abgrund und zischt: »Das heißt was?« Doch plötzlich rümpft er die Nase: »Du müffelst!«
»Äh, w-w-wirklich?«, sagt Manni und schnüffelt.
»Ja, wirklich!«, faucht Schredder. »Wo sind deine Fesseln?«
»Äh, ich bin Entfesselungskünstler.«
»Sowas! Hm, egal. Sag jetzt, wo der Funkelstein ist. Du weißt doch etwas!«
»Ich, äh, also wir haben ihn nicht, aber, äh …«
»Aber was?«, zischt Schredder bedrohlich.
»Aber w-wenn ich es dir sage, lässt d-du uns d-dann frei?«

Schredder grinst: »Sicher doch, keine Sorge.«
»Sag nichts, Manni!«, ruft Isabella.
»Klappe halten!«, erwidert Schredder. »Also, wenn du es mir sagst, bist du frei. Wenn nicht, fresse ich dich auf!«
Manni schluckt. Sein Herz pocht wild und sein Magen dreht sich vor Angst um. »D-der B-Bär hat ihn ver-verschluckt, aus Versehen. Der Bär auf dem Jahrmarkt. Wir wussten doch nicht, dass …«
»Willst du damit sagen, dass mein Funkelstein jetzt im Magen eines Bären liegt?«
»G-g-g-genau.«
Da springt Schredder zum Verschlag zurück und lässt den armen Manni wie eine heiße Kartoffel fallen.
»Aua«, wimmert der Rattenjunge und wird sofort gefesselt, diesmal aber doppelt und dreifach.
Der Kater aber wendet sich wieder Bocky zu, der immer noch von den scharfen Katerkrallen umschlossen ist und zitternd um Gnade fleht: »Bitte, Schredder, liebster Kater, ich kann nichts dafür, ehrlich, ich habe keine Ahnung, wie das passieren konnte!«
»Mir egal!«, zischt Schredder. »Jetzt bist du fällig!«
»Moment! Ich, ich … besorge dir alles, was du willst, ehrlich! Tartar, Kaviar, Wildlachs, ein richtiges Festessen!«
Schredder überlegt. »Gut, bring mir den Funkelstein!«

Bocky schnappt nach Luft und japst: »Aber, aber, der ist doch im Magen dieses Bären. Wie soll ich da denn drankommen?«
»Das ist nicht meine Sorge!«, erwidert Schredder und lässt Bocky frei. »Schneid ihm den Bauch auf oder was weiß ich! Du hast eine Stunde Zeit.«
Da machen sich Bocky und seine drei Kumpane, so schnell sie können, auf den Weg zum Jahrmarkt.
Schredder aber blickt auf die gefesselten Rattenkinder hinab und brummt: »Und was mache ich jetzt mit euch? Leider ist mir der Appetit gründlich vergangen.«
»Kein Wunder, bei den vielen Windbeuteln, die du gegessen hast«, sagt Isabella.
»Brrr, erinnere mich nicht daran! Mir ist schon ganz übel!«
»Windbeutel! Windbeutel!«, ruft Isabella.

»Noch ein Wort und ich werfe dich vom Dach!«, faucht der Kater.
Schnell flüstert Eliot Isabella ins Ohr: »Hör lieber auf! Wenn Schredder sauer wird, dann gute Nacht!«
»D-d-dann s-sind w-wir m-m-mausetot«, stottert Manni.
»Hmpf«, brummt das Rattenmädchen wütend.
Der Kater gähnt, streckt sich und schnurrt: »Dann mach ich jetzt erst mal ein Nickerchen. Das ist nie verkehrt.«
Er schnappt sich die Rattenkinder, klettert behände auf den Dachfirst, balanciert geschickt von einem Dach zum nächsten und springt schließlich mit einem geschmeidigen Satz durch ein kleines Dachfenster. Seine drei Gefangenen legt er auf dem Fensterbrett ab. Dann lässt er sich vor ihnen nieder und ist im Nu eingedöst.

Vom Stinken und von Übelkeit

Die heiße Mittagssonne brennt auf die gefesselten Rattenkinder herab. Vor ihnen liegt der riesige Schredder und schläft. Die Gewitterwand, die Eliot vorhin gesehen hat, kommt immer näher.

Eliot und Isabella blicken sich in der kleinen Dachkammer um. Sie scheint von Menschen unbewohnt zu sein, denn überall liegen Schredders Essensreste herum und es stinkt fürchterlich nach Katzenklo.

»Schredders Versteck«, raunt Eliot.

Isabella blickt zum Fenster hinaus. »Von hier aus«, flüstert sie, »kann er fast alle Dächer der Stadt sehen. Guter Platz, um Vögel zu jagen.«

»U-und R-Ratten«, stottert Manni und zerrt an seinen Fesseln, doch diesmal sind sie super festgeknotet.

»M-meint ihr, Schredder ist jetzt im Tiefschlaf?«

»Kater haben keinen Tiefschlaf«, murmelt Isabella. »Aber wenn wir uns ganz leise davonstehlen, merkt er vielleicht nichts.« Lautlos steht das Rattenmädchen auf.
Plötzlich öffnet Schredder ein Auge und sagt: »Ein Schritt und ich fresse dich!«
Erschrocken setzt sich Isabella wieder zu den anderen.
»War ja klar«, flüstert Eliot.
»Sieht übel aus«, murmelt Isabella.
»Übler geht's nicht«, brummt Eliot.
»Findet ihr eigentlich«, meldet sich Manni, »dass ich stinke?«
»Wie kommst du denn jetzt darauf?«, fragt Eliot.
»Sagt schon, aber ganz ehrlich!«
»Na ja«, sagt Eliot. »Manchmal riechst du etwas streng.«
»Wie meinst du das – streng?«
»Na ja, eben ein bisschen nach Kanalisation.«
»Nach Kanalisation? Ich?«
In diesem Augenblick hebt Schredder den Kopf: »Könntet ihr mal die Klappe halten! Das ist hier kein Kaffeekränzchen!«
Da kommt Bocky über das gegenüberliegende Dach geklettert und ruft hinunter: »Schredder, wir haben den Bären leider nicht mehr erwischt. Der Jahrmarkt ist schon weitergezogen.«
Der Kater erhebt sich. Mit finsterer Miene faucht er: »Dann

verfolgst du ihn eben. Wenn der Funkelstein bis morgen Abend nicht hier ist, dann mache ich Bockwurst mit Ketchup aus dir!«
Bocky zuckt zusammen und ruft: »Morgen Abend, Schredder, du kannst dich auf mich verlassen!« Im Nu ist der Bandenchef hinter dem Dachfirst verschwunden.
Schredder wendet sich wieder den Rattenkindern zu: »Stellt euch vor, ihr Lieben, ich habe wieder Appetit, hähä!«
»Nach Windbeuteln?«, fragt Isabella und plötzlich hat sie eine Idee.
»Wenn du noch einmal dieses Wort sagst«, faucht Schredder, »dann fresse ich dich als Erstes!«
»Viel Vergnügen«, erwidert das Rattenmädchen und erhebt sich.
»Ich hoffe, es macht dir nichts aus, dass ich heute Morgen drei dicke Windbeutel mit Sahne gegessen habe.«
Der Kater stutzt: »Äh, du hast was?«
Da meldet sich Eliot: »Ich habe fünf Stück verputzt!«
»U-und ich zwölf, jawohl!«, ruft Manni. »Innen bin ich sozusagen ein einziger Windbeutel.«

Schredder schluckt: »Ist das wahr?«
»Ja, du kannst uns gerne fressen«, sagt Isabella. »Wenn es dir nichts ausmacht, dass wir ziemlich nach Windbeutel schmecken.«
»RUHE!«, schreit Schredder.
»ES MACHT MIR ETWAS AUS, DASS IHR NACH WINDBEUTELN SCHMECKT! ES MACHT MIR SOGAR SEHR VIEL AUS, DASS IHR NACH WINDBEUTELN SCHMECKT! ICH HASSE WINDBEUTEL! ICH ESSE NIE WIEDER WINDBEUTEL!!!!!!!«
»Sag mal, Schredder, hast du eigentlich auch einen richtigen Namen?«, fragt Isabella.
»Was soll das denn jetzt?«

»Schließlich werden wir von dir gefressen. Man will doch wissen, von wem man gefressen wird.«

»Ach so, verstehe«, brummt Schredder. »Ich heiße Klausdieter.«

»Das ist ein schöner Name«, sagt Isabella.

»Findest du?«

»Klausdieter der Kater. Klingt doch gut!«, meint Isabella.

Schredder putzt seine Barthaare, fährt durch sein zerzaustes Fell und denkt über seinen Namen nach.

Isabella aber gibt Eliot und Manni heimlich ein Zeichen und blickt hinüber zu dem Regenrohr, das unterhalb des Fensters in die Tiefe führt. Zuerst schauen die beiden Rattenjungen fragend drein, doch dann verstehen sie und nicken unmerklich.

»Klausdieter!«, ruft Isabella.

Der Kater blickt überrascht auf: »Äh, ja?«

»Bist du eigentlich der einzige Dachkater der Stadt?«

Schredder grinst: »Der einzige nicht, aber der gefährlichste!«

»Hm«, sagt Isabella. »Der riesige schwarze Kater sieht aber viel gefährlicher aus als du.«

»Hä? Welcher schwarze Kater?«

»Der da hinter dir steht.«

»Was?«, ruft Schredder verdutzt und dreht sich um.

In diesem Augenblick springen die drei Rattenkinder in das Regenrohr.
Schredder aber sieht weit und breit keinen schwarzen Kater.
Wütend setzt er den dreien nach und fährt fauchend mit seinen spitzen Krallen in das Rohr hinein. Doch zu spät, denn die kleinen Ratten sind schon tief im Regenrohr verschwunden.

Eine Regentonne und ein alter Bekannter

Die Rattenkinder schlittern durch das Regenrohr und fallen platschend in eine große Regentonne.
Als Eliot wieder auftaucht, speit er einen Strahl Wasser aus und grinst: »Dem Schredder hast du es aber gegeben, Isabella!«
»Wo sind wir hier?«, fragt Manni und schnappt nach Luft.
Eliot blickt zum Rand der Tonne hinauf und sagt: »Wahrscheinlich in irgendeinem Hinterhof.«
»Ich, ich kann mit gefesselten Pfoten nicht schwimmen!«, blubbert Manni, der seinen Kopf gerade so eben über Wasser hält.
»Warte«, sagt Isabella und taucht unter.
»Hihi, was machst du? Das kitzelt!«, kichert Manni.
Doch als das Rattenmädchen wieder auftaucht, sind Mannis Fesseln verschwunden.

»Wir haben doch unsere Zähne!«, grinst Isabella.
»Stimmt!«, sagt Eliot, taucht hinab und zerbeißt Isabellas Fesseln.
»Jetzt bin ich dran!«, ruft Manni und befreit Eliot.
Geschafft! Nun müssen die Rattenkinder nur noch aus der Tonne herauskommen, dann wäre alles wieder in bester Butter. Sie versuchen, an der Innenseite hinaufzuklettern, doch sie rutschen immer wieder ab.

»So kommen wir da nie hoch«, seufzt Isabella.
»So was Blödes«, brummt Eliot. »Wir stecken in dieser Tonne fest und Bocky jagt jetzt hinter dem armen Bruno her. Wir müssen Bruno unbedingt warnen!«
»Da hast du recht«, sagt Isabella. »Bloß müssten wir erst einmal hier herauskommen.«
Eigentlich fällt ihr immer etwas ein, doch diesmal ist Isabella ratlos.
»Das ist alles meine Schuld!«, wimmert Manni und hustet, weil er lauter Wasser verschluckt hat. »Wir werden jämmerlich ertrinken! Dass mein Leben so enden muss! In einer unbekannten, rostigen Tonne in einem schäbigen Hinterhof, huhuhu!«
Isabella blickt hinauf in den Himmel. Die Gewitterwolken sind genau über ihnen.
»Wenn es jetzt regnen würde«, überlegt das Rattenmädchen, »dann wären wir gerettet.«
»Wieso das denn?«, fragt Manni verblüfft.
Eliot aber grinst. Er hat nämlich den gleichen Gedanken wie Isabella und erfindet gleich ein kleines Gedicht dazu:

»Ich wünschte, uns begegnet
'ne Wolke, die gleich regnet,
denn wenn die Tonne vollgelaufen,
würden wir hier nicht ersaufen.«

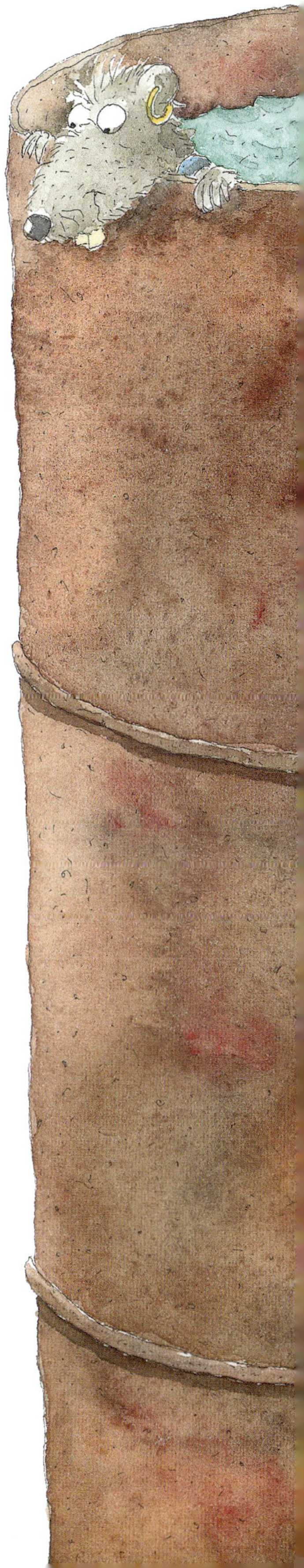

Plötzlich fällt dem Rattenjungen ein dicker Wassertropfen auf die Nase. Und noch einer. Und noch einer.

»He, Eliot, das war ein Zaubergedicht!«, lacht Isabella und klatscht in die Pfoten.

Jetzt donnert es und es beginnt zu regnen. Große Tropfen prasseln in die Tonne, und als auch noch aus dem Regenrohr ein dicker Wasserstrahl schießt, läuft die Tonne bald voll und die Rattenkinder werden hinaufgetrieben. Sie hangeln sich über den Rand und springen hinunter. Endlich frei! Der Regen hört so schnell auf, wie er gekommen war. Isabella schnüffelt: »Wisst ihr, wonach es hier riecht?«

Manni guckt unsicher zu Isabella.

Isabella lacht: »Keine Sorge, Manni, dich

meine ich nicht. Du riechst jetzt ganz toll nach frischem Regenwasser.«

Erleichtert atmet Manni aus. Eliot aber kommt es vor, als kenne er den Geruch, den Isabella meint. Nur, woher?

»Fängt mit F an«, sagt Isabella, »und hört mit uchs auf.«

»Der Fuchs!?«, ruft Eliot.

Tatsächlich: Nicht weit von der Regentonne entfernt sehen sie einen Fuchs schlafend unter einem Baum liegen.

»Oh nein!«, flüstert Manni. »Lasst uns verschwinden!«

»Manni, der Fuchs kann uns aus der Stadt bringen«, sagt Eliot.

»Was? Seid ihr übergeschnappt? Ein Fuchs ist ein, ein, ein Raubtier, ein räuberischer Räuber. Der ist doch kein Taxi!«

»Diesen Fuchs kennen wir aber«, erklärt Eliot. »Der ist in Ordnung. Er ist wahrscheinlich ein bisschen betrunken, aber wenn wir ihn bitten, bringt er uns bestimmt in Richtung Berge.«*

»Hey, Leute«, sagt Manni. »Nehmt's mir nicht übel, aber ich mache jetzt Feierabend. Ich meine, ich kann viel vertragen, aber erst Bocky Bockwurst, dann Schredder, dann die Regentonne und jetzt ein betrunkener Fuchs, das ist zu viel. Also, äh, ich wünsch euch viel Glück und, äh, grüßt mir den Bären, okay?«

Flink schlüpft Manni in ein Kellerfenster und ist im Nu

* In »Eliot und Isabella und die Abenteuer am Fluss« zeigt Eliot dem Fuchs eine Vorratskammer, wo der Räuber sich satt frisst und ziemlich viel Wein trinkt.

verschwunden. Eliot und Isabella schauen dem Kanalratz nach. Dann blicken sie einander an. Und ohne noch ein Wort zu verlieren, rennen die beiden zum Fuchs hinüber. Schließlich müssen sie Bruno den Bären finden, ob mit oder ohne Mannis Hilfe.

»Heda, aufwachen!«, ruft Isabella und zupft kräftig am Fuchsschwanz.

Langsam öffnet der Fuchs ein Auge: »Sieh an, die beiden Quatschtüten«, lallt er noch etwas beschwipst und holt eine Weinflasche hervor: »Proscht, ihr Schnupsipupsis!«

»Was machst du denn noch hier?«, fragt Isabella. »Du müsstest doch schon längst wieder in deinem Wald sein.«

Der Fuchs rülpst laut und antwortet: »Diese verflix-flix-flixte Schdadd, sieht aaalles gleich aus. Da findjakeinschweinraus!«

»Ich kann dir den Weg aus der Stadt zeigen«, sagt Eliot. »Wenn du uns mitnimmst.«

»Übbahaup kein Boblem!«, nuschelt der Fuchs.

Flink klettern Eliot und Isabella auf den Fuchsrücken. Der Trunkenbold rappelt sich mühsam auf und setzt sich in Bewegung.

»Nicht so schaukeln!«, ruft Eliot. »Sonst wird mir schlecht.«

»Jaja«, lallt der Fuchs. »Auch noch Extrawürschte, äh, -würsche, äh, hicks, -wünsche.«

Eliot lotst den Fuchs durch die Stadt. Immer wieder müssen die drei in Deckung gehen, aber weil Eliot die Schleichwege kennt, gelangen sie ohne Zwischenfälle zur Landstraße.
»Da isse ja, die Landschdraaase! Verfuchst und zugeschnürt, dass ich die nicht selber gefunden habe«, nuschelt der Fuchs und plötzlich beginnt er zu singen:

»Isch bin der schlaue Fuchsch,
isch brauche keine Kutsch,
isch latsch auf dem Aschphalt
zurück in meinen Wald.«

Bis in den Nachmittag hinein trabt der Fuchs mit den beiden Rattenkindern die Landstraße entlang. Plötzlich bleibt er stehen und schnüffelt:
»Aha! Heimatluft!«
»Dann kannst du uns hier absetzen«, sagt Eliot. »Wir müssen weiter in Richtung Berge.«
»Hehe«, grinst der Fuchs. »Jetzt bin ich aber gar nicht mehr betrunken und ich habe sogar wieder Hunger.«
Er fährt sich mit seiner Zunge über die spitzen Zähne.
»Du willst uns doch nicht etwa fressen?«, erwidert Isabella.
»Hehe, warum nicht?«
»Alte Freunde frisst man nicht!«, protestiert Isabella.
»Das ist unfair!«, sagt Eliot.

»Wenn sich das herumspricht«, sagt Isabella, »dann will niemand mehr dein Freund sein!«
»Öh, hm, tja«, brummt der Fuchs. »Eins ist schon mal klar: Im Quasseln seid ihr Weltmeister. Na gut, steigt schon ab. Viel Glück, ihr zwei! Und schaut mal wieder vorbei. Tschüssikowski!«

Schneckentempo und Affenzahn

Die Landstraße schlängelt sich durch Weinberge und kleine Wälder, immer nach Süden. Dort, das weiß Eliot, sind die Berge. Und in den Bergen ist jetzt irgendwo der Jahrmarkt. Und wo der Jahrmarkt ist, da ist Bruno, der Bär. Nur, wie kommen die beiden Rattenkinder dorthin? Der Weg ist weit und zu Fuß kommen sie nur langsam voran.
»In dem Schneckentempo«, brummt Eliot, »brauchen wir Jahre.«
Plötzlich hören sie von unten eine Stimme: »Ich muss doch bitten! Schneckentempo! Was soll das denn heißen?«
Da sehen sie eine Weinbergschnecke, die sich anschickt, die Straße zu überqueren.
»Na ja«, sagt Isabella. »Ihr Schnecken seid ja wohl nicht gerade die Schnellsten.«
»Was heißt hier nicht schnell!«, entgegnet die Schnecke.

»Ich bin die schnellste Schnecke weit und breit. Ihr seid jedenfalls nicht die Schnellsten. Flugzeuge sind schneller.«
»Öhm«, überlegt Eliot. »Da hast du auch wieder recht. Ehm, sollen wir dich über die Straße setzen?«
»Untersteht euch!«, protestiert die Schnecke. »Ich hatte mir schon genau überlegt, worüber ich bei der Überquerung dieser Straße nachdenken wollte. Über das Weltall nämlich und den Sinn des Lebens. Wenn ihr mich hinübertragt, dann hätte ich ja gar keine Zeit mehr, darüber nachzudenken!«
»Stimmt«, sagt Eliot. »Aber wenn dich ein Auto überfährt, bräuchtest du dir über den Sinn des Lebens keine Gedanken mehr zu machen.«
»Pah! Auf dieser Straße fahren überhaupt keine Autos! Oder siehst du irgendwo eines?«, spottet die Schnecke.
»Also ich«, sagt Isabella und blickt mit zusammengekniffenen Augen zurück, »ich sehe da hinten ein Auto kommen.«
»Hä?«, ruft die Schnecke und blickt sich um.
»Tatsächlich!«, sagt Eliot. »Vielleicht nimmt es uns mit!«
Schnell stellen die Rattenkinder sich an den Straßenrand, halten ihre Pfoten in den Wind und winken.

»Äh, hallo!«, meldet sich die Schnecke. »Wolltet ihr mich nicht über die Straße tragen?«

»Du wolltest doch über das Leben nachdenken!«, sagt Eliot.

»Für so was habe ich jetzt keine Zeit!«, ruft die Schnecke und blickt panisch zu dem sich nähernden Auto. »Also, tragt ihr mich jetzt hinüber oder nicht? Ich finde das überhaupt nicht lustig!«

Da nimmt Eliot die Schnecke vorsichtig in seine Pfoten und trägt sie auf die andere Straßenseite.

»Puh!«, seufzt die Schnecke erleichtert. »Danke, Kumpel!«
»Hihi, keine Ursache«, lacht Eliot.
»Guck mal!«, sagt Isabella. »Ist das nicht Manni?«
Das Auto ist ein knallrotes Cabriolet und am Steuer sitzt wirklich Manni, die Kanalratte. Mit quietschenden Reifen bleibt das Cabrio vor Eliot und Isabella stehen.
Manni schiebt seine Sonnenbrille hoch und sagt: »Hey, ihr zwei Hübschen, darf ich euch zu einem Trip in die Berge einladen?«
»Manni!«, freut sich Eliot. »Hast du es dir doch anders überlegt!«
Manni wird ein bisschen rot und antwortet: »Na ja, ich bin

ja schuld an dem ganzen Schlamassel. Und außerdem kenne ich den Weg in die Berge ganz gut.«

Mit diesen Worten springt er aus dem Auto, öffnet die Beifahrertür, blinzelt Isabella zu und sagt: »Bitte sehr, junge Dame!«

»Vielen Dank!«, strahlt Isabella.

Mit Schwung hüpft Manni auf den Fahrersitz, lässt den Motor ein paarmal aufheulen und sagt: »Auf zur Bärenjagd!«

»Äh, Manni!«, ruft Eliot, der noch auf der Straße steht. »Gibt es auch Platz für mich?«

»Oh! Hätte ich fast vergessen«, grinst Manni und schiebt die Werkzeugkiste auf dem schmalen Rücksitz beiseite. »Immer rin in die gute Stube!«

Kaum hat Eliot hinten Platz genommen, rauscht das Cabrio los, immer der Straße nach, mal an leuchtend gelben Weizenfeldern vorbei, mal auf und ab durch eine grüne Hügellandschaft.

Manni lehnt sich lässig zurück, blickt zu Isabella und sagt: »Eins Komma fünf PS! Hab noch was draufgelegt. Nicht schlecht, was?«

»Wow!«, staunt Isabella.

»Katalysator, geregelt bis dort hinaus!«

»Hui!«

»Ist auch tiefergelegt. Front- und Heckspoiler sowieso!«

»Nicht übel«, sagt Isabella.
»Aber mir ist übel!«, meldet sich Eliot von der Rückbank.
»Bitte nicht so schnell durch die Kurven fahren!«
»Alles paletti, geht klar!«, ruft Manni und fährt fort:
»Metallic-Lackierung, Zentralverriegelung, Klimaanlage, alles vom Feinsten.«
»Tolle Kiste!«, sagt Isabella.
»Servolenkung und ABS.«
»Ui!«, antwortet Isabella.
Da lenkt Manni das Cabrio an den Wegrand und hält an.
»Ich hüpf mal in die Büsche, muss dringend Pipi«, ruft er und springt hinter einen Brombeerstrauch.
Inzwischen ist es später Nachmittag, überall blühen die Wiesenblumen und Schmetterlinge flattern fröhlich durch die Luft.
Eliot aber ist gar nicht fröhlich zumute. »Pfff! Servolenkung!«, brummt er. »Und ABS – was soll denn das sein? Apfel-Birnen-Soße oder was? Der weiß bestimmt selber nicht mal, was das ist!«
»Lass ihn doch«, erwidert Isabella. »Manni ist eben stolz auf sein Auto.«
»So ein Angeber!«, grummelt Eliot.
»Ich denke, er ist dein Freund.«
»Schon, aber so komisch war der wirklich noch nie. Wie der

um dich herumscharwenzelt! Und wie der plötzlich riecht!«
»Hihi«, kichert Isabella. »Ganz schön viel Parfüm, das finde ich süß!«
Da kommt Manni hinter dem Busch hervor: »Hallo Honey*, hier kommt Manni!«
»Pffft«, murmelt Eliot, verschränkt seine Arme und lehnt sich beleidigt zurück.
Kurz darauf prescht das Cabriolet wieder über die Straße.
Bald tauchen am Horizont die ersten Bergkuppen auf.
In diesem Augenblick ertönt hinter ihnen ein Geräusch wie von einem Bienenschwarm.
Eliot blickt sich um: »Achtung! Da kommen Motorräder!«
Er guckt genauer hin: »Ich glaub's ja nicht! Das ist Bocky Bockwurst!«
Schon zischen vier Motorräder mit einem Affenzahn an dem kleinen Cabrio vorbei. Sie wirbeln eine solche Staubwolke auf, dass Manni zusammenzuckt und vor Schreck auf die Bremse tritt. Da kommt das Cabrio ins Schleudern, dreht sich einmal um sich selbst und saust – hui! – in den Graben.
Mit einem Mal ist es mucksmäuschenstill. Das heißt, ganz still ist es nicht. Von irgendwoher ertönt Vogelgezwitscher

* Honey ist Englisch und bedeutet Honig. Es wird »Hanni« ausgesprochen.

und der Wind streicht durch ein nahes Weizenfeld. Ein Reifen, der sich in der Luft dreht, quietscht etwas und Dampf zischt aus dem Motor heraus.
»Seid ihr verletzt?«, fragt Manni.
»Mir geht's gut!«, antwortet Isabella.
»Nur ein paar blaue Flecke«, sagt Eliot.
Manni steigt aus, betrachtet sein lädiertes Cabriolet und seufzt: »Mein Cabrio hat etwas mehr als ein paar blaue Flecke abbekommen.«
Als er die Motorhaube öffnet, quillt eine dicke Qualmwolke heraus.
»Puh!«, hustet Manni. »Das sieht nicht gut aus.«
»Kannst du es reparieren?«, fragt Eliot.
Manni überprüft die Reifen und den Motor. »Hm, das wird eine Weile dauern.« Er blickt auf die Sonne, die schon recht tief am Himmel steht: »Das Cabrio ist jedenfalls erst morgen wieder flott.«
Isabella schaut zu den Bergen, die im Licht der Nachmittagssonne lange Schatten werfen. Die Staubwolke der Motorräder ist ganz deutlich zu sehen.
»Jetzt dürfen wir keine Zeit mehr verlieren«, sagt das Rattenmädchen. »Ich werde mich auf den Weg machen. Wenn ich mich beeile, erreiche ich die Berge vor Einbruch der Dunkelheit. Ich könnte mich schon mal umhören und

bekomme vielleicht heraus, wo Bruno steckt. Und morgen warte ich am Fuße des ersten Berges auf euch.«
»Ich komme mit!«, sagt Eliot entschlossen. »Ich lasse dich auf keinen Fall alleine gehen!«
»Hm«, überlegt Isabella. »Dann bleibe ich bei Manni und du gehst! Einer von uns muss hierbleiben, um Manni zur Pfote zu gehen. Das Cabrio muss so schnell wie möglich repariert werden.«
Eliot schluckt. Er räuspert sich und sagt: »Äh, aber Manni, du kommst doch bestimmt auch allein zurecht, oder?«
Manni blinzelt zu Isabella hinüber: »Nun ja, zu zweit geht es natürlich schneller.«
»Und du kennst dich doch jetzt schon in der Natur aus«, sagt das Rattenmädchen. »Bestimmt bist du ein guter Kundschafter.«

»Aber, ich, äh«, stottert Eliot. »Hm, gut, hm, stimmt. Und, äh, kommt ihr denn auch ohne mich klar?«
»Da mach dir mal keine Sorgen, Kumpel!«, grinst Manni.
»Soso, ja«, sagt Eliot stockend. Plötzlich steckt ihm ein Kloß im Hals. »Dann gehe ich mal los.«
»Immer nur dem Weg folgen«, erklärt Manni. »Er führt schnurstracks nach Süden in die Berge.«
»Und denk daran«, sagt Isabella, »Treffpunkt morgen am Fuße des ersten Berges.«
»Geht klar«, erwidert Eliot missmutig. »Also bis morgen.«
Und so macht sich Eliot allein auf zu den Bergen.

Bockys Plan

So was Blödes, denkt Eliot. Jetzt lasse ich Isabella bei Manni, diesem Aufschneider, und latsche hier alleine durch die Gegend. Ich Hornochse! Und Isabella? Sieht fast so aus, als würde sie Manni mehr mögen als mich …
Pah, ich brauche Isabella überhaupt nicht! Ich komme auch ohne sie gut zurecht. Sehr gut sogar. Von mir aus kann sie bleiben, wo der Pfeffer wächst. In Pfefferland, jawohl. Weit weg!
Doch jetzt muss Eliot auf den Weg achten. Rechts von ihm, im Westen, geht die Sonne unter. Dann müsste es geradeaus nach Süden gehen. Stimmt, da sind die Berge, genau geradeaus, im Süden. Immer nur dem Weg folgen, hat Manni gesagt. Eliot sputet sich, damit er die Berge erreicht, bevor die Dunkelheit hereinbricht.
Über dem Weg liegt immer noch der Gestank der Motor-

räder. Und nach Bockwurst riecht es auch. Nur aufpassen, denkt Eliot, dass ich nicht plötzlich Bocky und seiner Bande in die Arme laufe. Au Backe!
Der Weg führt durch eine Wiesenlandschaft, durch ein Wäldchen und entlang eines kleinen Flusses. An einer Brücke, die über den Fluss führt, füllt Eliot seine Wasserflasche auf. Als es dämmert, setzt er sich ans Ufer und knabbert einen Maiskolben, den er unterwegs gefunden hat. Hm, köstlich! Dann klettert er auf eine Anhöhe, um zu schauen, wie weit es noch ist. Die Berge sind schon ganz nah. Doch dort, was ist das? Eine Rauchsäule. Ein Lagerfeuer? Eliot beschließt, weiter dem Weg zu folgen, aber die Stelle, wo die Rauchsäule aufsteigt, die hat er sich gemerkt. Dort will er ganz vorsichtig sein.
Kaum ist die Sonne untergegangen, wird es kühl. Eliot fröstelt ein wenig. Zum Glück scheint der Mond, so kann er den Weg noch erkennen. Wenigstens etwas. Rechts und links aber ist es jetzt stockdunkel. Der Nachtwind fährt durch die Sträucher am Wegesrand. Eliot zuckt zusammen. Da war doch etwas! Plötzlich Geflatter über ihm! Erschrocken springt der Rattenjunge ins Gebüsch. Ach, nur eine kleine Fledermaus. Da, ein großer Schatten in der Luft!

Das war keine Fledermaus. Viel größer! Vielleicht ein Uhu? Eliot schluckt. Uhus fressen nämlich auch Ratten. Vorsichtig späht er hinaus auf den Weg und in den Himmel. Nichts zu sehen, die Luft ist rein. Er fasst sich ein Herz und marschiert zügig weiter. Ach, wenn doch Isabella hier wäre! Dann hätte er überhaupt keine Angst.

Jetzt steigt ihm Rauch in die Nase. Das Lagerfeuer! Dort hinten, wo das hohe Gras wächst, sieht Eliot den Feuerschein. Hm, das Gras ist eine gute Deckung. Er beschließt, sich anzuschleichen. Wer weiß, vielleicht sind es Bärenjäger und er kann etwas über Bruno erlauschen. Der Rattenjunge bewegt sich so lautlos wie möglich. Und er achtet auf den Wind. Er muss gegen den Wind schleichen, so wie Isabella es ihm beigebracht hat. Zwar weht ihm der Rauch genau in die Nase und Eliot muss ein Husten unterdrücken, aber so können ihn die anderen nicht wittern.

Es ist ein kleines Feuer, kein Menschenfeuer. Und da, das sind – tatsächlich, Bocky Bockwurst und seine Bande! Durch Eliots Bauch jagt ein Schauer. Nur nicht nervös werden! Nun zittern auch noch seine Knie. Weiter anschleichen oder lieber schnell verpieseln? Eliot gibt sich einen Ruck: weiter anschleichen! Vielleicht weiß Bocky ja, wo der Bär jetzt steckt!

Das Feuer prasselt. Sehr gut, denn dann hören sie nicht, wenn Eliot aus Versehen auf einen Ast tritt. Jetzt tief ins Gras pressen! Eliot sieht die ganze Bande um das Feuer sitzen: Bocky, Rucki, Zucki und Schrippe. Der Rattenjunge schluckt. »Was mach ich bloß hier!«, murmelt er. »Ich bin wohl nicht ganz bei Trost!« Aber er kriecht weiter, bis er die Stimme von Bocky hört.

»Frage mich, wie die Leseratten Schredder entwischt sind. Die wollen bestimmt den Bären warnen. Na ja, egal, jetzt stecken sie mit ihrem lahmen Cabrio im Graben, hehe.«

»Gut, dass du die Motorräder organisiert hast, Chef«, grinst Schrippe.

»Die wissen bestimmt noch nicht mal«, sagt Rucki, »dass der Jahrmarkt ins Dorf hinter dem höchsten Berg gezogen ist. Die finden den Bären nie!«

»Bloß«, meldet sich Zucki, »wie kommen wir an den Funkelstein?«

»Ich bin für Bauch aufschneiden!«, sagt Rucki. »Das ist ’ne klare Sache!«

»Das kannst du doch nicht machen«, erwidert Zucki. »Der Bär merkt das sofort und dann gute Nacht. Mit so einem Bären können wir uns nicht anlegen.«

»Wenn der tief schläft«, sagt Rucki, »dann merkt der gar nichts. Aufschneiden, Funkelstein rausholen und wieder zunähen. Habe ich selbst gelesen, dass das geht!«

»*Du* hast was gelesen?«, grinst Schrippe. »Das hast du wohl geträumt!«
»Klar hab ich das gelesen! Das waren richtige Bücher! Das eine hieß ›Wolfi und die lieben Geister‹ und das andere ›Rotschnäppchen‹!«
»Dass ich nicht lache!«, sagt Schrippe. »Du meinst ›Der Wolf und die sieben Geißlein‹ und ›Rotkäppchen‹. Das sind doch Märchen! Wir sind hier aber nicht im Märchen, du Knalltüte!«
»Selber Knalltüte!«, zischt Rucki.
»Pupsi!«
»Popohintern!«
»Pupsknoten!«
Da ertönt die heisere Stimme von Bocky Bockwurst: »Jetzt haltet mal die Luft an, ihr Sumpfhühner! Ich habe schon einen todsicheren Plan, hehe. Sobald der Bär schläft, schleichen wir uns an, und dann …«

Bocky holt einen spitzen, scharfen Dolch hervor, »… schneiden wir ihm den Bauch auf und holen uns den Funkelstein. Das geht so schnell, da merkt der gar nichts!«
Rucki grinst: »Chef, du bist wirklich ein ganz ein Gewiefter!«

»Der schlauste Chef der Welt!«, schwärmt Zucki.
»So ein Plan«, meint Schrippe und tippt sich an die Stirn, »da braucht einer schon Grips!«
»Hehehe«, grinst Bocky böse, doch dann befiehlt er: »Jetzt haut euch hin! Morgen geht es früh raus. Zucki, du hältst Wache! Dann Rucki, dann Schrippe.«
»Hmpf, immer ich als Erster«, brummt Zucki. Und während die anderen sich am Lagerfeuer hinlegen, steht Zucki auf und schlurft geradewegs auf Eliot zu.
Eliot duckt sich tief ins Unterholz und hält die Luft an. Zucki steht nur drei Schritte von ihm entfernt, öffnet seine Hose und pullert an einen Baum. Ein Glück, dass es so dunkel ist, denkt Eliot, und er atmet erleichtert wieder aus, als Zucki zurück zum Feuer geht und gelangweilt in der Glut herumstochert.
Die wollen wirklich Brunos Bauch aufschneiden, denkt Eliot. Die spinnen wohl! Was mache ich jetzt bloß?
Plötzlich – knacks! – zerbricht unter ihm ein morscher Ast. Zucki blickt auf. Er kneift die Augen zusammen und späht in Eliots Richtung.
Eliot ist starr vor Schreck. Doch dann wendet sich Zucki wieder dem Feuer zu. Puh, das ist ja noch mal gut gegangen! Jetzt langsam zurück und in den Schleichgang übergehen. So schnell ihn seine Beine tragen, rennt Eliot den Hügel

hinauf und auf der anderen Seite wieder hinunter. Puh, geschafft! Wenn Isabella das jetzt gesehen hätte!
Der Mond steht oben am Himmel und der Berg erhebt sich riesig und schwarz in die Nacht. Obwohl Eliot noch ganz aufgeregt ist, fröstelt es ihn wieder. Seine Mutter würde jetzt bestimmt sagen: »Kein Wunder, dass du frierst! Wer müde ist, der friert eben schnell.« Hoffentlich, denkt Eliot, finde ich eine gemütliche Stelle für mein Nachtlager.
Kurz bevor der Mond hinter dem Berg verschwindet, stolpert der Rattenjunge über einen verlassenen Dachsbau. Darin macht er es sich bequem und lauscht den Geräuschen der Nacht. Manchmal, wenn eine Eule schreit oder es ganz in seiner Nähe raschelt, zuckt er zusammen und starrt ängstlich in die Dunkelheit hinaus. Aber dann beruhigt er sich. Isabella hat ihm ja oft genug erklärt, dass es im Wald immer raschelt und knackt, auch nachts.
Ach, wenn Isabella doch bei ihm wäre!

Spotz Rabotz

Im Traum hört Eliot Motorradlärm. Wie große Mücken schwirren die Motorräder an ihm vorbei. Brrrrjöng eins – brrrrjöng zwei – brrrrjöng drei – brrrrjöng vier! Eliot wacht auf, dann fällt er wieder in einen unruhigen Schlaf. Er träumt, dass er mit Isabella in einem Rennauto fährt. Das Rennauto rast immer schneller und schneller, bis plötzlich Bruno der Bär mitten auf der Straße steht. Eliot drückt auf die Hupe, so fest er kann. Tüüüüt, Tüüüüt, Tüüüüt! Plötzlich wacht Eliot auf. Tüüüüt, Tüüüüt, Tüüüüt! Da hupt wirklich jemand! Wer macht denn am frühen Morgen einen solchen Krach? Unverschämtheit!
Eliot kriecht aus dem Dachsbau heraus. Die Sonne blendet ihn, er gähnt und wundert sich, dass es so hell ist.
Tüüüüt! Tüüüüüüüt! Tüüüüüüüüüt!
Was soll denn das? Eliot schaut sich um und sieht etwas

Rotes durch die Büsche schimmern. Etwas Rotes? Ach du heiliger Strohsack! Isabella und Manni und das rote Cabrio! Schnell rappelt Eliot sich auf und läuft zur Straße hinunter. Er strahlt, als er Isabella sieht.

Auch Isabella freut sich, denn sie hatte sich schon große Sorgen um Eliot gemacht. Aber ein bisschen sauer ist sie auch auf ihn:

»Da bist du ja endlich, du Siebenschläfer! Bockys Bande ist schon wieder an uns vorbeigerauscht, gerade eben!«

Dann war der Motorradlärm vorhin doch kein Traum, denkt Eliot. Oh nein, wieso muss ich aber auch dauernd verschlafen?

»Tut mir leid«, entschuldigt er sich. »Ich hatte eine ziemlich lange Nacht. Ich war bei Bocky und seiner Bande!«

»Du warst wo?!«, rufen Isabella und Manni wie aus einem Mund.

»Stellt euch vor, Bocky will Bruno wirklich den Bauch aufschneiden, um an den Funkelstein zu kommen.«

»So eine Gemeinheit!«, ruft Isabella empört. »Schnell, lasst

uns losfahren, damit wir nicht noch mehr Zeit verlieren! Wenn wir nur wüssten, wo der Jahrmarkt hingezogen ist!«
Da sagt Eliot stolz: »Das habe ich auch herausgekriegt: Wir müssen zum Dorf hinter dem höchsten Berg.«
»Gar nicht übel«, grinst Isabella. »Aus dir wird vielleicht doch noch eine richtige Landratte.«
Gerade wird Eliot ein bisschen verlegen und rot wie eine kleine Himbeere, da ruft Manni: »Dann mal auf die Plätze, fertig, los!!«
Rasch springt Eliot auf den Rücksitz und Manni gibt Gas. Das Cabrio flitzt wie ein roter Blitz über die Landstraße. Der Weg führt in ein breites Tal, zu beiden Seiten erheben sich nun hohe Berge. Bald kommen sie an einen großen See, an dessen gegenüberliegendem Ufer sich ein riesiger Berg erhebt.
»Dahinter muss das Dorf sein«, sagt Eliot.
Plötzlich beginnt der Motor zu stottern.

Spotz rabotz
Spotti di spucki
Stotter rabotter
Krawumm krawamm
Kapung kapang
Zong pling plong
Rabatti rabutti
Krawatti kaputti!

Qualm kommt unter der Motorhaube hervor und alle möglichen roten Lämpchen blinken am Armaturenbrett.
»Oh nein!«, seufzt Manni. »Nicht schon wieder!«
Da bleibt das Cabrio stehen. Außer einem leisen Zischen gibt es überhaupt keinen Mucks mehr von sich.
»Was ist jetzt los?«, fragen Eliot und Isabella.
Manni öffnet die Motorhaube.
»Auch das noch!«, brummt er. »Keilriemen gerissen und Vergaser im Eimer.«
»Und wie kann man das reparieren?«, fragt Eliot, der von Autos überhaupt gar nichts versteht.
»Hm«, brummt Manni.
»Ich muss den Vergaser ausbauen, zerlegen, sauber machen und wieder einsetzen. Und einen neuen Keilriemen besorgen oder so was Ähnliches.«
»Ach du liebe Güte!«, seufzt Isabella.

»Dann holen wir Bocky nicht mehr ein«, brummt Eliot verdrossen.
»Tut mir leid«, sagt Manni und schlägt die Augen nieder. »Mit mir gibt es immer Probleme. Ich bin eine richtige Problemratte.«
»Hey, Manni!«, tröstet ihn Isabella. »Ohne dich wären wir doch gar nicht so weit gekommen!«
In diesem Moment hören sie ein lautes Räuspern. Unwillkürlich ducken sich die Rattenkinder, denn das Räuspern klang gefährlich. Und die Stimme, die sie jetzt hören, klingt noch gefährlicher: »Darf ich euch Plaudertaschen mal unterbrechen?«
Nur wenige Schritte entfernt sitzt auf einem Baumstumpf ein riesiger Adler. Die Rattenkinder wagen kaum zu atmen. Adler sind noch gefährlicher als Kater!
»Ich muss schon sagen«, sagt der große Vogel, »da sitzt unsereiner den ganzen Tag auf dem Pfahl und wartet auf fette Beute, und nichts passiert. Ab-so-lut nichts. Und ganz plötzlich kommen lauter kleine, zarte, saftige Rattenkinderchen vorbei. Erst eine Horde Motorradratten und nun drei hübsche Cabrio-Ratzelchen. Na, wenn heute nicht mein Glückstag ist!«
Eliot, Isabella und Manni bekommen vor Schreck keinen Ton heraus.

Der Adler grinst: »Euch hat es wohl die Sprache verschlagen. Nun, ihr dürft trotzdem ein letztes Wort sprechen, bevor ich euch verspeise!«
Manni lugt zitternd hinter der Motorhaube hervor. Isabella hat Eliots Pfote ergriffen und hält sie ganz fest.
Eliot aber schluckt, nimmt seine Mütze ab und sagt: »I-ich h-heiße Eliot u-und w-wie heißt du?«
»Ich heiße Adler«, brummt der Adler. »War das dein letztes Wort?«
»Äh, nein, nein!«, antwortet Eliot schnell. »Ich wollte nur fragen, ob du die Motorradratten aufgefressen hast.«
»Nee, ich war gerade ein bisschen eingedöst«, sagt der Adler. »Ist ja auch gähnend langweilig hier. Und als ich diese Rattenraser bemerkt habe, waren sie schon wieder vorbei.«

»A-aber«, meldet sich Isabella, »du hättest hinterherfliegen können, du bist doch viel schneller.«
»Das wär ja noch schöner!«, poltert der Adler. »So ein paar Rattenfuzzis fliege ich doch nicht hinterher! Außerdem haben die so nach Bockwurst gerochen. Ich hasse Bockwurst!«
»Das ist ja wieder ungerecht!«, protestiert Isabella. »Die Bösen kommen davon und die Guten werden gefressen. Typisch!«

»Hä?«, krächzt der Adler.
»Seit wann gibt es gute und böse Ratten? Ihr schmeckt doch alle gleich!«
»Die Motorradratten«, erklärt Eliot, »wollen dem Bären den Bauch aufschlitzen!«
Der Adler stutzt, doch dann sagt er: »Bauch aufschlitzen! Ihr wollt mir wohl einen Bären aufbinden!«
»Aber das stimmt wirklich!«, versichert Eliot.
»Und wenn schon! Was geht mich das an?«
»Wir wollen den Bären warnen und du könntest uns über den Berg bringen«, schlägt Eliot vor.
»Bei euch piept's wohl!«, erwidert der Adler.
Da sagt Eliot: »Ratten kannst du doch jeden Tag fressen. Aber dass ein Adler einen Bären rettet, das gibt es nicht alle Tage!«
Der Adler überlegt. Solche Rattenkinder hat er ja noch nie erlebt. Jetzt weiß er gar nicht mehr, was er denken soll!
Er räuspert sich und murmelt: »Äh, also … ich habe aber Hunger.«
»Wenn du uns frisst«, sagt Isabella, »dann bist du wie alle anderen Adler.«
»Ein schnöder Adler«, sagt Eliot.
»Aber wenn du uns verschonst«, sagt Isabella, »dann, dann, äh …«

»Dann bist du der König der Lüfte!«, sagt Eliot schnell. »Ein richtiger König lässt auch mal Gnade walten.«
»Äh, Gnade?«, wiederholt der Adler.
»Genau«, antwortet Eliot. »Das unterscheidet den König der Lüfte von allen anderen Tieren. Nur ein König kann begnadigen.«
»Und gleichzeitig rettest du einen ausgewachsenen Bären!«, sagt Isabella.
Der Adler wiegt seinen Kopf hin und her. Ein König, der Gnade walten lässt und gleichzeitig einen Bären rettet. Nicht übel. Er reckt den Kopf, schwellt stolz seine Brust, macht eine lässige Bewegung mit seinem Flügel und sagt feierlich: »Ich begnadige euch. Ihr könnt gehen.«
Eliot und Isabella atmen erleichtert aus. Manni aber, der bis eben zitternd hinter seinem Cabrio gestanden hat, wirft die Arme in die Luft und tanzt und singt: »Yeah! Yap juppiduuuu! Haha! Begnadigt! Ha! Wow, ich glaub's nicht, heiliges Kanalrohr!«
Er springt auf die Motorhaube, schwingt die Hüften und tanzt den Ratten-Rock 'n-Roll, bis er erschöpft niedersinkt. »Puh!«, japst er. »Begnadigt. Cool.«

Eliot und Isabella blicken erst zu Manni, dann zu dem Adler. Der Adler wiederum schaut auf Manni herab und brummt: »Was ist das denn für eine Zappelratte?«
»Äh, er freut sich nur so sehr«, erklärt Isabella.
»Bringst du uns jetzt über den Berg oder nicht?«, fragt Eliot.
»Ach, stimmt, das ja auch noch«, erwidert der Adler und fliegt mit einem mächtigen Flügelschlag zu den Rattenkindern hinab.
Flink klettern Eliot und Isabella auf den Adlerrücken.
»Manni, komm!«, ruft Eliot.
Manni aber schluckt, als er den riesigen Adler direkt vor sich sieht. Seine Knie schlottern und er sagt: »Ich, äh … Wisst ihr was? Ich habe eine Idee! Ich bleibe hier und repariere das Cabrio. Wir müssen schließlich irgendwann auch wieder in die Stadt zurückkommen.«
»Gute Idee«, brummt der Adler. »Drei von euch sind mir nämlich, ehrlich gesagt, einen Tick zu viel.«
»Vielleicht hast du recht, Manni«, sagt Isabella. »Dann treffen wir uns wieder hier unten am See.«
»Geht klar, Isabella!«, erwidert Manni. »Macht's gut, ihr beiden!«
Der Adler schwingt seine Flügel und erhebt sich in die Lüfte.

»He, nicht so wackeln!«, ruft Isabella.
»Sonst noch was?«, erwidert der Adler.
»Ein König fliegt majestätisch«, erklärt Eliot.
»Ja, ja, mach ich. Muss nur erst mal Höhe gewinnen«, sagt der Adler.
Immer höher steigt der große Vogel auf. Manni und das Cabrio werden immer kleiner, bis sie so aussehen wie eine kleine graue Erbse und eine rote Paprikaschote.
Isabella hält sich an Eliot fest und Eliot krallt sich in das Federkleid des Adlers. Bald wird der Flug ruhiger und sie segeln über den Wald, der aussieht wie eine große, grüne Decke.
Da ruft Eliot: »Dort hinten ist die Rattenbande!«
Und tatsächlich, in der Ferne erkennen sie die Motorräder, die sich wie kleine Ameisen die kurvige Waldstraße hinaufbewegen.
Eliot freut sich: »Jetzt haben wir einen Riesenvorsprung. Die werden lange brauchen, bis sie über den Berg sind.«
Schon liegt der Gipfel des Berges unter ihnen.
»Seht mal, da unten läuft ein Bär!«, ruft Isabella.
»Tatsächlich«, sagt Eliot ungläubig. »Ist das etwa Bruno?«
»Der Bär da unten«, erklärt der Adler, »ist eine Bärin. Und die heißt nicht Bruno, sondern Ursula. Die wohnt dort mit ihrem Jungen.«

Echte, wilde Bären!, denkt Eliot, aber da fliegt der Adler eine weite Kurve erst nach links und dann nach rechts, sodass es Eliot ganz schummrig wird im Magen.
»Flughöhe erreicht«, meldet der Adler.
Eliot wird ganz grün im Gesicht.
»Am besten, du schaust immer geradeaus«, flüstert Isabella. »Dann wird dir nicht schlecht.«
»Mir ist aber schon schlecht«, stöhnt der Rattenjunge. »Mir war schon im Cabrio schlecht und gleich muss ich ko...«
»Untersteh dich!«, droht der Adler. »Dann vergess ich ganz schnell, dass ich ein gnädiger König bin!«
»Mein König«, ruft Isabella, »dort unten ist ein Dorf!«
Winzig sieht das Dorf aus, wie lauter rote Würfel.
»Da ist der Jahrmarkt!«, ruft Eliot.
»Ja, ja, bin ja nicht blind«, brummt der Adler. »Ein Adler hat schließlich Adleraugen.«

In weiten Schleifen schwebt er zur Erde hinab. Immer kleiner werden die Schleifen, bis er mit einem letzten majestätischen Flügelschlag in der Krone eines mächtigen Baumes landet.
Von hier aus können sie den Jahrmarkt gut überblicken. Jetzt, da der Tag zu Ende geht, verlieren sich nur wenige Menschen zwischen den Marktständen.
Und Bruno? Der liegt unter einer großen Eiche in der Mitte des Jahrmarktplatzes, zusammengerollt wie ein riesiges, braunes Wollknäuel.
»Danke, Herr König!«, sagt Isabella.
Der Adler winkt ab: »Schon gut.«
»Und?«, fragt Eliot. »Wie fühlst du dich jetzt, als gnädiger König?«
»Ich habe Hunger«, antwortet der Adler.
Eliot aber hebt den Finger und sagt: »Begnadigt ist begnadigt und wird auch nicht gebrochen.«
Und bevor der große Vogel es sich vielleicht noch anders überlegt, flitzen die beiden Rattenkinder zu Bruno.

Frische Pflaumen und ein Funkelstein

»Bruno!«, flüstert Eliot atemlos.
Der Bär schnarcht.
»Bruno!«, rufen Eliot und Isabella gemeinsam.
Plötzlich spitzt der Bär die Ohren und schnüffelt. Dann hebt er den Kopf und brummt: »Ich werd verrückt! Die Rattenkinder aus der Stadt! Was macht ihr denn hier?«
»Wir müssen dir etwas Wichtiges mitteilen!«, sagt Eliot. »Erinnerst du dich an den Lutschekern im Windbeutel?«
»Klaro. Hat aber nicht geschmeckt«, brummt Bruno.
»Logisch, dass der nicht schmeckt. Das war nämlich ein Funkelstein!«, erklärt Isabella.
Erschrocken springt der Bär auf, blickt auf seinen Bauch und ruft: »Ich habe einen Funkelstein verschluckt? Ich will aber keinen Funkelstein im Bauch haben!«
»Vielleicht ist der Stein schon gar nicht mehr in dir drin«,

überlegt Eliot. »Vielleicht hast du ihn schon, äh, na, du weißt schon.«

»Ausgeschieden«, sagt Isabella.

»Genau«, sagt Eliot. »Ausgeschieden.«

»Ich habe überhaupt nichts ausgeschieden«, entgegnet Bruno aufgeregt. »Seit gestern konnte ich nicht mehr ins Gebüsch. Das liegt bestimmt an dem Funkelstein!«

»Wartet!«, flüstert Isabella. »Ich habe eine Idee.«

Das Rattenmädchen blickt sich um und rennt zu einem Obststand hinüber. Kurz darauf kommt sie mit einer dicken, reifen Pflaume zurück.

»Wenn du die frisst, dann musst du bestimmt wieder!«, sagt sie.

Bruno verschlingt die Pflaume: »Die war aber klein.«

»Wir besorgen dir noch mehr«, sagt Eliot. Die beiden Rattenkinder holen weitere Pflaumen, so viele, bis Bruno brummt: »Jetzt kann ich aber nicht mehr. Ich bin doch kein Pflaumenbär.«

Dann horcht er. Sein Magen gurgelt schon.

»Und?«, fragt Eliot. »Musst du?«

»Eliot«, flüstert Isabella. »Das fragt man nicht!«

»Wieso? Das ist doch das Normalste von der Welt!«, erwidert der Rattenjunge.

Plötzlich hält Bruno inne. Ein mächtiges Rumoren dringt aus seinem Magen. »Au Backe – Flitzekacke!«, ruft er und verzieht sich schnell hinter die Eiche.

Kurz darauf kommt er mit dem Funkelstein zurück.

»Ein richtiger Funkelstein!«, staunt Eliot.

»Bitte schön«, sagt Bruno. »Ich schenk ihn euch.«

»Äh, was sollen wir denn damit?«, erwidert Eliot.

»Na, es waren doch eure Windbeutel«, sagt der Bär.

»Hm«, murmelt Eliot. Zögernd nimmt er den Funkelstein und steckt ihn in seine Tasche. »Dann ist Bocky aber hinter uns her.«
»Wer ist denn Bocky?«, fragt Bruno.
»Bocky Bockwurst, ein ziemlich übler Rattenraufbold.«
»Hihihi«, kichert Bruno. »Eine Ratte, die Bockwurst heißt! Da lachen ja die Hühner!«
»Stell dir vor«, sagt Isabella, »die wollen dir den Bauch aufschneiden und den Funkelstein stehlen!«
»Wie bitte?«, ruft Bruno erschrocken.
Da erzählen Eliot und Isabella von Bockys finsterem Plan.
»Ich habe eine Idee!«, sagt Eliot zu Bruno. »Du tust so, als würdest du tief schlafen. Und wenn Bocky dir den Bauch aufschneiden will, stellst du ihn zur Rede.«
»Äh, aber?«, stottert Bruno. »Was soll ich ihm denn sagen? Der fragt mich doch bestimmt, wo der Stein jetzt ist.«
»Hm«, überlegt Isabella. »Vielleicht hat eine Elster ihn gestohlen. Elstern mögen funkelnde Dinge.«
»Spitze!«, sagt Eliot. »Dann jagt Bocky hinter einer Elster her, die es gar nicht gibt, hihi!«
In diesem Augenblick hören die drei ein Geräusch wie von einem Bienenschwarm. Sssssssss, Sssssss – Bruno hält seine Nase in die Luft und schnüffelt. Wo Bienen sind, da ist auch Honig! Aber es riecht überhaupt nicht nach Honig.

»Das ist Bocky!«, flüstert Eliot.
Und jetzt hören sie es ganz deutlich: Motorräder!
»Schnell, Eliot!«, sagt Isabella. »Wir müssen uns verstecken!«
Aber wo? Unter dem Wagen? Zu riskant. Hinter dem Baum? Noch riskanter. Auweia, jetzt sind die Motorräder schon im Dorf! Jeden Moment können sie um die Ecke kommen.
»Eliot, sieh mal«, ruft Isabella. »Hier unterm Eichenbaum ist eine Höhle!«
In letzter Sekunde springen die beiden in das Wurzelloch der Eiche.

Wie Bocky dem Bären einen Bären aufbinden will

Von ihrer Wurzelhöhle aus beobachten Eliot und Isabella, wie Bocky und seine Bande die Motorräder hinter einer Scheune abstellen und sich anschleichen. Bruno aber hat sich wieder hingelegt und beginnt, laut zu schnarchen. Bocky holt den Dolch hervor und nähert sich dem Bären. Doch gerade als er den blitzenden Dolch auf dem Bärenbauch ansetzen will, wird er von einer großen Tatze gepackt. Bockys Kumpane laufen erschrocken zur Scheune zurück.

»Darf ich fragen, was du vorhast?«, brummt Bruno.

»D-du schläfst ja gar nicht!«, stottert Bocky.

»Guter Trick, nicht?«, grinst Bruno. »Also, was willst du mit dem Dolch?«

»Dolch? Welcher Dolch?«

»Den du da in deiner Pfote hältst«, knurrt Bruno.

»Ach so, der!«, sagt Bocky schnell und lacht: »Haha! Weiß gar nicht, wo der plötzlich herkommt!«

»Du wolltest mir nicht zufällig den Bauch aufschneiden und den Funkelstein herausholen?«

»F-Funkelstein? Nie gehört!«, stottert Bocky.

Da richtet Bruno sich auf, schüttelt den Rattenjungen und droht: »Wenn du nicht gleich die Wahrheit sagst, mache ich Ratte Macchiato aus dir!«

»Äh, oh, o-okay, keine Panik, okidoki, also, das war so: Ich, äh, wir, also meine Kumpels und ich, wir haben gehört, in deinem Bauch ist ein Funkelstein, den hast du ganz total aus Versehen verschluckt, und da dachten wir, besser gesagt, meine Kumpels haben mich überredet, dir ein ganz, ganz winzig kleines Löchlein in den Bauch zu schneiden, aber so was von winzig!«

»Äh, Chef«, meldet sich Schrippe. »Das mit dem ›überredet‹ stimmt aber nicht.«

»Das war doch deine Idee!«, sagt Rucki.

»Ich hab doch noch gesagt, so kann man das nicht machen!«, sagt Zucki.

»Maul halten!«, schreit Bocky. Zu Bruno aber, der den Bandenchef immer noch fest in seiner Tatze hält, säuselt er im allerfreundlichsten Rattenbanden-Ton: »Wir wollten dich von dem Funkelstein befreien. Und dann wollten wir alles wieder fein säuberlich zunähen.«

»Kchkchkch, seid ihr blöd, kchkchkch!«, kichert Bruno. »Bauch aufschneiden, wir sind doch nicht im Märchen!«

»Seht ihr!«, ruft Schrippe. »Hab ich's doch gesagt!«

»Hihihi«, grinst Bruno und lässt Bocky wieder frei.

»Außerdem kommt ihr zu spät. Den Funkelstein habe ich schon längst nicht mehr. Den hat jetzt eine Elster.«
»Eine Elster?«, fragt Bocky.
»Na ja, stellt euch vor, das war nämlich so: Ich krieg Flitzekacke von den vielen Pflaumen, und kaum ist der Funkelstein rausgeflutscht, kommt – zack! – eine Elster angeflogen und – schwups – hat die ihn im Schnabel. Das ging so was von schnell, das glaubt ihr nicht!«
»Soso, Pflaumen«, murmelt Bocky. »Wo hast du die denn her?«
»Na, von den beiden Rattenkindern, äh, Quatsch mit Soße, von, äh, von zwei Menschenkindern. Die haben mir die Pflaumen geschenkt.«
Der Bandenchef blickt sich verstohlen um. Unmerklich schnüffelt er die Umgebung ab. Dort hinten, unter der Eiche, riecht es da nicht nach Rattenkindern?
»Verstehe«, murmelt Bocky und befiehlt seinen Kumpanen: »Wir hauen ab!« Und im Nu ist die Rattenbande auf ihren knatternden Motorrädern wieder verschwunden.

Eins, zwei, drei, Rhinozeros

Vorsichtig lugen Eliot und Isabella aus ihrem Versteck hervor. Als die Motorradgeräusche in der Ferne verklungen sind, schlüpfen sie heraus.

»Das war spitze, Bruno!«, sagt Eliot.

Isabella aber schaut sich um: »Ich habe so ein komisches Gefühl. Lass uns von hier verschwinden. Bis zur Dunkelheit sollten wir im Wald ein gutes Versteck suchen.«

»Ach!«, seufzt Bruno und blickt versonnen in den Abendhimmel. »Ihr habt es gut! Ihr könnt überall hingehen, wie es euch gerade gefällt. Wie gerne würde ich in Wiesen und Wäldern herumstreichen! Ich würde Beeren pflücken und wilden Honig schlecken, am Tage würde ich im Gras liegen und den Schmetterlingen zuschauen, und abends würde ich mir wie ein richtiger Bär eine Höhle suchen!«

Da hat Eliot eine Idee: »Komm doch einfach mit uns!«

»Wie jetzt – mitkommen!?«, wiederholt Bruno. »Das, äh, das geht nicht. Ich bin doch angekettet.«
»Warte!«, sagt Eliot und kramt aus seiner Tasche einen Draht hervor. »Isabella, das ist Mannis Draht. Er hat dir doch gezeigt, wie man damit Schlösser knackt.«
»Aber so ein Kettenschloss ist bestimmt schwer zu knacken«, erwidert Isabella.
»Probieren geht über Studieren«, grinst Eliot.
Isabella stochert mit dem Draht im Schloss herum, probiert und probiert, doch vergeblich. Sie holt tief Luft und versucht es weiter.
»Vielleicht mehr links«, sagt Eliot.
»Hm«, murmelt Isabella und probiert es mehr links.
»Oder mehr rechts«, sagt Eliot.
»Püh«, stöhnt Isabella und stochert mehr rechts.
»Und mehr geradeaus?«
»Jetzt halt mal den Schnabel!«, ruft sie wütend. »Ich kann mich gar nicht konzentrieren, wenn du immer dazwischenquatschst!«
Plötzlich macht es KLICK und das Schloss ist auf.

»Jippijajeiii!«, ruft Eliot und hüpft fröhlich im Kreis:

»Eins, zwei, drei, Rhinozeros,
Draht hinein ins Kettenschloss,
priekel prokel, schniekel schnokel,
Knick und Knack und Dudelsack,
einmal rechts und zweimal links,
oben, unten, gar nicht schwer,
Schloss ist auf und frei der Bär!«

Isabella grinst stolz. Bruno aber betrachtet verdutzt sein Fußgelenk, das er plötzlich frei bewegen kann.
»Komisches Gefühl, so ganz ohne die Kette«, brummt er.
»Komm, Bruno, los geht's!«, ruft Eliot.
»Äh, jetzt gleich?«
»Willst du bis Weihnachten warten?«
Bruno blickt zum Wald und brummt: »Aber wenn ich da draußen verhungere?«
Die Rattenkinder gucken einander verblüfft an.
»Im Wald wimmelt es von Beeren und Nüssen«, erwidert Isabella. »Da gibt es leckere Knollen und Wurzeln und Kräuter, und im Fluss tummeln sich haufenweise Fische. Du kannst unmöglich verhungern!«

»Aber ich könnte vereinsamen, jawohl«, brummt Bruno und verschränkt seine Arme vor der Brust. »Ihr seid zu zweit. Aber ich bin ganz allein!«
»Der einzige Bär bist du aber nicht dort oben«, erwidert Isabella. »Da wohnen nämlich noch andere Bären.«
Da stutzt Bruno: »Andere Bären?«
»Waschechte Bären«, sagt Isabella.
»Waschbären?«, fragt Bruno misstrauisch.
»Nein«, erwidert Isabella ungeduldig. »Keine Waschbären, keine Ameisenbären und auch keine Gummibären, sondern richtige Bären, nämlich eine Bärin und ein Bärenkind.«
»Eine Bärin?«, wiederholt Bruno verblüfft. »Und die wohnt im Wald?«
»Haben wir doch gesagt!«, erwidert Isabella streng. »Jetzt komm, sei kein Frosch!«
»Frosch?«, wiederholt Bruno empört. »Das hat ja noch nie jemand zu mir gesagt!«
Isabella rollt mit den Augen: »Nun beeil dich, wir müssen möglichst schnell weg, sonst sind uns die Menschen auf den Fersen.«
Da gibt Bruno sich einen Ruck, schnappt seine Jonglierbälle, stapft den beiden Rattenkindern hinterher und brummt fröhlich vor sich hin: »Eine Bärin, soso, das ist ja mal etwas Neues.«

Die drei schleichen ungesehen bis zu dem Feld, das zum Wald führt. Dort laufen sie, so schnell sie können, bis zum Waldrand hinauf.
Bruno japst atemlos: »Wartet, ich brauche eine Pause!«
»Jetzt schon?«, sagt das Rattenmädchen.
»Isabella«, flüstert Eliot, »Bruno war doch so lange angekettet. Da ist er sicher etwas aus der Übung.«
»Stimmt«, murmelt Isabella.
So verschnaufen die drei Freunde am Waldrand. Die Sonne ist jetzt ein großer, glühender Ball und taucht die Felder und Hügel in ein rotes Abendlicht.
»Äh, wo wohnen denn die Bären?«, fragt Bruno.
»Die Stelle, wo wir vorhin die Bären gesehen haben, liegt

auf unserem Weg. Wir müssen auf die andere Seite des Berges, um Manni wieder zu treffen. Wenn du willst, kannst du uns ja begleiten.«

»Ja, also«, brummt Bruno verlegen, »da sag ich nicht Nein.«

Als die Sonne hinter den Hügeln untergeht, setzen die drei ihren Weg fort, immer durch den Wald, den Berg hinauf.

»Ganz schön dunkel hier«, sagt Bruno und sieht sich ängstlich um. Plötzlich erschrickt er: »Was war das für ein Geräusch?«

»Ein Käuzchen«, sagt Isabella. »Völlig harmlos.«

Hinter ihnen raschelt es.

»Was war das?«, ruft Bruno.

»Nur eine Maus oder so was«, erklärt Isabella.

Der Nachtwind fegt durch die Bäume. Bruno bleibt stehen und flüstert: »Die sehen irgendwie gruselig aus, die Bäume. Es gibt bestimmt gleich einen Sturm!«
Da stemmt Isabella ihre Fäuste in die Hüften und sagt streng: »Bruno, es gibt heute Nacht keinen Sturm. Und außerdem bist du das absolut größte und stärkste Tier zwischen Nordpol und Mittelmeer. Dir kann keiner was, nicht mal ein Wolf!«
Bruno zuckt zusammen: »Gibt es hier etwa Wölfe?!«
»Natürlich gibt es die hier!«, erwidert Isabella bestimmt. »Aber die würden sich niemals an einen ausgewachsenen Braunbären wagen!«
»Pah«, brummt Bruno beleidigt. »Man wird sich ja wohl noch ein wenig wundern dürfen, wenn da was raschelt. Das kann ja sonst was sein. Schließlich gibt's ja auch Giftschlangen und Skorpione und Taranteln und solche Sachen.«

»Die leben aber nicht hier«, meldet sich Eliot. Das weiß er aus seinen Tierbüchern.
»Hmpf!«, grummelt der Bär, stapft den beiden Rattenkindern hinterher und murmelt: »Hätte aber sein können.«

An einer kleinen Felsgruppe hält Isabella an. Sie schaut sich um und sagt: »Hier ist ein guter Platz zum Übernachten. Macht's euch bequem, Jungs.«

So verbringt der Bär Bruno zum ersten Mal in seinem Leben eine Nacht im Wald. Zunächst kann er kein Auge zutun, denn überall hört er es rascheln und knacken. Doch als er sieht, wie Eliot und Isabella sich an sein dichtes, warmes Bärenfell kuscheln und im Nu wie zwei Murmeltiere schlummern, da schläft auch der Bär ein. Ab und zu wacht er auf und schaut, ob die beiden Rattenkinder noch da sind, denn ein wenig Angst hat er immer noch, auch wenn er ein großer Bär ist.

Ich möchte ein Waldbär sein

Kaum glitzern am nächsten Morgen die ersten Sonnenstrahlen durch die Blätter, wacht Isabella auf und stupst Eliot an: »Lass uns Beeren sammeln!«
Der Rattenjunge reibt sich die Augen und murmelt: »Ist doch noch gar nicht richtig hell.«
»Komm schon, Schlafmütze, wir überraschen Bruno mit einem Frühstück!«
Eliot gähnt: »Na gut, bin dabei.«
Und während Bruno noch behaglich vor sich hin schnarcht, suchen die Rattenkinder die Umgebung nach Beeren, Wurzeln, Nüssen und anderen Leckereien ab.
Plötzlich stutzt Isabella. »Was hast du?«, fragt Eliot.
»Da war doch eben ein Hauch von Bockwurst!«
Eliot blickt sich erschrocken um. Doch von Bocky ist nichts zu sehen, nicht einmal ein Wurstzipfelchen.

»Jetzt riechst du die Bockwurst schon mitten im Wald«, grinst der Rattenjunge.
Isabella aber sucht misstrauisch das Unterholz ab: »Ich habe schon die ganze Zeit das Gefühl, dass uns jemand verfolgt.«
»Ach was, Bocky ist über alle Berge. Der sucht jetzt die Elster mit dem Funkelstein, hihi.«
Doch da hält auch Eliot inne. Hat dort hinten nicht etwas geraschelt? Da ist ein Tier, ein ziemlich großes Tier sogar!
»Das ist das Bärenkind!«, raunt Isabella. »Lass uns lieber verschwinden!«
»Wieso denn?«, sagt Eliot und hüpft auf einen Stein, um das Bärenkind besser sehen zu können.
»Oh, sieh mal!«, sagt Eliot. »Es kommt hierher!«
Tatsächlich, das Bärenkind tapst genau auf sie zu.
»Auweia«, sagt Isabella. »Es hat uns gewittert.«
»Ist der süß!«, jauchzt Eliot.

»Eliot, so ein Bär kann ziemlich gefährlich werden!«, flüstert Isabella und duckt sich hinter den Stein.
»Was, der? Guck doch mal, wie niedlich der tapst!«, sagt Eliot. »Außerdem, wenn man keine Angst hat, dann passiert einem nichts. Das merkt nämlich so ein Bär und dann lässt er einen in Ruhe.«
Da steht das Bärenkind schon vor ihm.
»Na, du kleiner Teddy!«, grinst Eliot. »Du bist ja knuffig!«
»Hihi, kleine Mausi«, freut sich das Bärenkind, packt Eliot mit seiner Tatze, hebt ihn hoch und schleckt ihn einmal der Länge nach mit seiner Zunge ab.
»Büäh!«, protestiert Eliot. »Ich bin keine kleine Mausi! Ich bin ein Rattenjunge und heiße Eliot!«
»Mausischmausi«, brummt der kleine Bär zufrieden und schleckt Eliot noch mal ab.
»Isabella!«, schreit Eliot. »Tu doch was!«
Das Rattenmädchen springt auf den Stein und ruft: »He, du Bär, du! Ein Rattenjunge ist doch kein Lolli!«
Verdutzt blickt das Bärenkind zu Isabella hinunter. Dann grinst er: »Lollilutscher!«, und schleckt Eliot ein drittes Mal ab.
»Büäh!«, schreit Eliot. »Isabella, lass dir was anderes einfallen!«
Da fällt plötzlich ein riesiger Schatten auf Isabella. Das Rattenmädchen zuckt zusammen. Die Bärenmutter!

»Rüdiger!«, donnert die Bärin. »Stell sofort die Ratte wieder hin. Das ist kein Spielzeug!«
»Lüdiger Hunger!«, brummt der kleine Bär.
Eliot kriegt einen Riesenschreck: Der kleine Bär will ihn fressen!
»Nein!«, erwidert die Bärin. »Stell sie sofort hin! Wir essen keine Ratten, höchstens im Notfall. Ratten schmecken nicht gut!«
»Nich gut?«, wiederholt der Bärenjunge Rüdiger und stellt Eliot zögernd wieder auf den Waldboden.
»Genau! Wir schmecken überhaupt nicht!«, sagt Eliot mit zitternder Stimme, zupft sich seinen Pulli zurecht und blickt streng zu dem Bärenkind hinauf.
»Igittigitt, bäbä, Ratten schmecken pupsikacki! Merk dir das!«
»Pupschikacki! Pupschikacki!«, wiederholt Rüdiger und kugelt sich vor Lachen.
»Eliot!«, sagt Isabella und schüttelt den Kopf. »Bring ihm nicht so komische Wörter bei! Pupsikacki ist doch kein Wort!«
»Also, ich finde es lustig!«, grinst Eliot.
Er ist furchtbar erleichtert, dass Rüdiger ihn nicht aufgefressen hat, und wie von selbst fällt ihm ein Gedicht ein:

»Ein guter Rat für Rüdiger,
den zotteligen Purzelbär:
Beeren, die sind ein Gedicht,
Ratten aber munden nicht!
Hm, wie gut schmeckt das Ragout,
Ratte schmeckt wie alter Schuh!
Honig, der ist fein und süß,
Ratte schmeckt wie Stinkefüß!
Lecker ist die Ratatouille,
Ratten aber schmecken Pfui!
Honigkuchen ist der Hit,
Ratten sind igittigitt!
Köstlich ist das Schweinehacki,
Ratten aber – Pupsikacki!«

»Hihihi! Pupschikacki!«, kichert Rüdiger und rollt sich vor Vergnügen durch das Laub.
»Ein Rattenjunge, der dichtet!«, brummt die Bärin. »Ihr seid bestimmt nicht von hier.«
»Nee, ich bin eine Stadtratte«, sagt Eliot.
»Soso, aus der Stadt«, brummt die Bärin. »Und was treibt ihr hier in den Bergen?«
»Wir haben einen Bären befreit«, antwortet Isabella.
»Aha, ihr habt einen Bären befreit, natürlich«, erwidert die Bärin. »Und morgen kommt der Nikolaus.«
»Wir haben wirklich einen Bären befreit«, sagt Eliot. »Er liegt dort unten bei den Felsen und schläft.«
Plötzlich raschelt es ganz in der Nähe. Die Bärin spitzt die Ohren: »Hm, euer Bär scheint aufgewacht zu sein.«
Und tatsächlich, nur einen Steinwurf entfernt hockt Bruno hinter einem Busch und blickt mit großen Augen herüber.

»Komm, Eliot, wir holen ihn!«, sagt Isabella und zur Bärin gewandt fügt sie hinzu: »Weißt du, er hat bis gestern in Gefangenschaft gelebt. Heute ist sein erster Tag in freier Wildbahn. Er ist vielleicht noch etwas schüchtern.«
Die Rattenkinder laufen hinter den Busch. Dort kauert Bruno und knetet nervös seine Jonglierbälle.
»Au Backe!«, flüstert Bruno. »Das ist meine aller-aller-allererste Bärin in meinem ganzen Leben!«
»Nun geh schon hin und stell dich vor«, sagt Eliot. »Wird schon schiefgehen!«
»Aber nur, wenn ihr mitkommt«, stottert Bruno.
So gehen sie gemeinsam zu der Bärin und ihrem Jungen hinauf. Der kleine Rüdiger starrt Bruno neugierig an. Der legt seine Arme auf den Rücken und wippt verlegen vor und zurück. Dann räuspert er sich und sagt: »Nun, äh, guten Tag! Ich heiße Bruno und bin ein Bär.«
»Aha«, brummt die Bärin. »Ich dachte, du wärst ein Känguru.«
Da muss Bruno kichern: »Ich bin doch kein Känguru!«
Die Bärin aber sagt: »Ich bin Ursula und das ist Rüdiger.«
»Äh, angenehm. Hm, und ihr lebt wohl hier im Wald?«
»Genau«, erwidert die Bärin Ursula. »Und woher kommst du?«

»Ooch«, antwortet Bruno. »Ich bin ziemlich viel herumgekommen, weißt du. Mal hier, mal da, mal Afrika, hihi. Ich bin nämlich Artist und wir Artisten kommen ziemlich viel herum.«
Flink holt er seine Bälle hervor und beginnt zu jonglieren. Dem kleinen Rüdiger bleibt vor Staunen die Spucke weg. Geschickt fängt Bruno die Bälle wieder auf und sagt stolz: »Nun ja, das ist mein Beruf.«
»Das kann nicht jeder Bär«, brummt Ursula.
»Ja, öhm«, überlegt Bruno. »Jetzt würde ich aber gerne den Beruf wechseln. Ich möchte ein Waldbär sein!«
»Waldbär, soso.«
»Was ist denn ein Waldbär?«, meldet sich Eliot.
»Nun, ehm«, brummt Bruno und überlegt, aber so schnell fällt ihm nichts ein.
»Das ist ein Bär«, hilft ihm Ursula, »der im Wald lebt. Er sammelt Beeren, schleckt Honig und hält Winterschlaf. Was man im Wald eben so macht. Da fällt mir ein, mögt ihr frisch gebackenen Honigkuchen? Den gibt es jetzt oben in der Höhle.«
Das lassen sich die drei Freunde nicht zweimal sagen. Ursula nimmt Rüdiger bei der Tatze, Eliot und Isabella springen auf Brunos Schulter und gemeinsam machen sie sich auf den Weg hinauf zur Bärenhöhle.

In einer richtigen Bärenhöhle zu übernachten, das passiert einem Rattenkind nicht alle Tage!
Und als Eliot und Isabella am nächsten Morgen aufbrechen, ruft Ursula ihnen nach: »Kommt mal wieder vorbei!«
»Ja, genau!«, ruft Bruno. Er steht neben der Bärin und strahlt wie ein Honigkuchenbär.

Bocky Bockwurst!

Die Rattenkinder sind schon eine ganze Weile in Richtung Tal marschiert, als Isabella plötzlich stehen bleibt und sich umdreht.

»Was hast du?«, fragt Eliot.

»Ich habe immer noch das Gefühl, dass wir verfolgt werden«, murmelt das Rattenmädchen.

»Wer sollte uns denn verfolgen, außer Bocky?«

»Eben. Ich trau dem nicht«, sagt Isabella. »Der hat so komisch geguckt. Vielleicht glaubt er nicht an diebische Elstern.«

»Ach, der Bocky kann mir gestohlen bleiben!«, brummt Eliot. »Ich möchte jetzt nur noch in Mannis Cabrio steigen und zurück in die Stadt fahren. Ich wollte dir noch so viel zeigen, bevor die Ferien zu Ende sind – das Theater, den Park, die Bildergalerie, das Kino und die vielen Feinkostläden!«

Isabella seufzt: »Es ist ja nicht mehr weit bis zur Straße. Ob Manni das Cabrio schon repariert hat?«
»Bestimmt. Manni hat zwar seine Macken, aber Autos reparieren, das kann er!«
Eliot holt tief Luft und lächelt zufrieden. Plötzlich aber bleibt er stehen. »Isabella«, flüstert er. »Riechst du das?«
Isabella hält ihre Nase in die Luft: »Hm, riecht nach ...«
»Bockwurst!«, raunt Eliot und sieht sich um.
Da hören sie Bockys Stimme: »Auf sie mit Gebrüll!«
Nur ungefähr hundertfünfzig Rattenschritte entfernt stürzen Bocky und seine Gesellen aus einem Felsversteck hervor. Eliot und Isabella flitzen, so schnell sie können, im Zickzack durch den Wald. Bocky und seine Kumpane aber sind ihnen dicht auf den Fersen. Plötzlich sieht Eliot etwas durch die Bäume hindurch glitzern.
»Was ist das?«, japst der Rattenjunge atemlos.
»Oh nein!«, ruft Isabella. »Vor uns liegt der See!«
Schon sind sie am Ufer. Der See ist sehr breit und die Rattenbande kommt immer näher.
»Wir schaffen es unmöglich bis zur anderen Seite«, sagt Eliot verzweifelt.
Da ruft Isabella: »Schnell auf den Baum!«
Hastig klettern die beiden Rattenkinder in den großen Baum am Ufer des Sees. Sie verstecken sich im dichten

Laub und verharren still. Das ist gar nicht einfach, denn sie sind ganz schön aus der Puste und ihre Herzen pochen wild vor Aufregung.

In diesem Augenblick erreicht auch die Rattenbande das Ufer.

»Wo sind sie?«, schreit Bocky wütend. Ungeduldig läuft der Bandenchef am Ufer auf und ab.

»Die sind bestimmt untergetaucht«, meldet sich Rucki.

»Können die denn so lange tauchen?«, fragt Zucki.

»Bis da ganz hinten hin? Unmöglich«, sagt Schrippe.

»Klappe halten, ihr Rumkugeln!«, schreit Bocky. »Ich muss nachdenken!«

Plötzlich hält der Bandenchef inne. Er kneift die Augen zusammen und zeigt auf einen Punkt im See: »Seht mal!«

Eliot und Isabella folgen Bockys Blick. Der kleine Punkt wird immer größer. Bald erkennen sie einen Holzstamm mit einem kleinen Blattsegel.

»Ups!? Das ist ja Manni!«, flüstert Eliot.

»Was macht der denn da?«, wundert sich Isabella.

Tatsächlich, es ist Manni, und er paddelt genau auf ihren Baum zu. Bocky und seine Spießbuben verstecken sich im Unterholz.

»Wir müssen Manni warnen!«, flüstert Eliot.

»Wie denn?«, entgegnet Isabella. »Dann würde Bocky uns sofort entdecken.«

Jetzt ist Manni so nahe, dass sie seine Stimme hören können: »Aha, ein schattiges Uferplätzchen! Genau richtig für ein Seefahrer-Frühstück!«

So leise er kann, ruft Eliot: »Manni!«

Manni zuckt zusammen und fragt: »Wer da?«

»Psst! Komm nicht zum Ufer!«, zischt Eliot. Er lugt hinter dem Ast hervor und zeigt aufgeregt zum Unterholz.

»Hallo Eliot, altes Haus! Isabella, schöne Maid!«, ruft Manni fröhlich. »Was macht ihr denn da oben? Gibt's da was zu futtern?«

Isabella klatscht sich an die Stirn: »Oh nein, dieser Hornochse!«
»Ich bin kein Hornochse«, erwidert Manni beleidigt. »Ich bin Manni die Spezialratte!«
In diesem Moment kommt die Rattenbande mit wildem Kampfgeschrei aus ihrem Versteck hervor.
»Bah! Hilfäää!«, schreit Manni und paddelt blitzschnell ein paar Rattenmeter zurück.
Bocky aber blickt zu Eliot und Isabella hinauf und grinst hämisch: »Diesmal entkommt ihr uns nicht!«
Flink klettern die vier Rattenjungs am Baumstamm empor.
Da flüstert Isabella Eliot ins Ohr: »Komm, wir springen jetzt runter und schwimmen zu Manni!«
»W-Was?! Da runterspringen?!«, stottert Eliot.
»Dann haben wir Vorsprung!«, sagt Isabella und balanciert zum Ende des Astes, der weit über das Wasser ragt.
»Au Backe, au Backe, au Backe!«, murmelt Eliot und folgt dem Rattenmädchen vorsichtig, Schritt für Schritt.
»Nicht runtergucken!«, flüstert Isabella.
Die Rattenbande hat schon fast die Astgabel erreicht.
»Du musst dich einfach gerade halten und locker bleiben!«, sagt Isabella noch, holt tief Luft und springt ins Wasser.
»Gerade halten und locker bleiben«, wiederholt Eliot. »Sehr witzig.« Doch was bleibt ihm anderes übrig? Der Ratten-

junge springt. Gerade halten? Oh nein! Platsch – plumpst er mit dem Po voran in den See. Aua!
Isabella krault zu Eliot hin: »Schnell zu Manni!«
Bocky starrt verblüfft vom Baum herab und schreit: »Hinterher!«
Die Rattenbande springt in den See, doch Eliot und Isabella haben Mannis Floß gerade erreicht und klettern hinauf.
»Vorsichtig!«, ruft Manni. »Sonst kippen wir um!«
Gerade will Manni lospaddeln, da taucht vor ihnen Bocky Bockwurst auf, rechts und links kommen die Köpfe von Rucki und Schrippe aus dem Wasser und hinter dem Floß erscheint Zucki, der kein besonders guter Schwimmer ist.
»Hehehe«, grinst Bocky. »Hättet ihr nicht gedacht, dass wir so schnell tauchen können, was?!«
In diesem Moment fällt Eliot etwas ein. Er klatscht sich mit der Pfote an die Stirn: »Dass wir daran nicht gedacht haben!«
»An was haben wir nicht gedacht?«, fragt Isabella.
Eliot holt den Funkelstein aus seiner Tasche hervor und grinst: »Daran, hihi! Den haben wir völlig vergessen.« Er hält den Stein in die Höhe und ruft: »Wenn ihr näher kommt, werfe ich den Stein in den See!«
Als Bocky den Funkelstein erblickt, blitzen seine Augen böse: »Hab ich's doch gewusst, dass ihr mit diesem Bären

unter einer Decke steckt.« Doch dann hält er inne und sagt: »Hey, Eliot, gib uns den Stein, und du bist uns los, für immer und ewig.«

»Wer's glaubt, wird selig!«, erwidert Isabella.

»Hey, ganz ehrlich, Hand aufs Herz, Pfote in die Höh, dreimal gespuckt und heilig geschworen!«, sagt Bocky.

»Das kannst du deiner Großmutter erzählen!«, ruft Eliot.

Bocky grinst spöttisch: »Du bist ganz schön misstrauisch, kleine Leseratte! Na ja, egal, du wirfst so einen wertvollen Stein sowieso nicht ins Wasser.«

»Mach ich doch!«

»Machst du nicht!«

»Mach ich doch!«

»Machst du nicht!«

Da holt Eliot aus und wirft den Funkelstein in hohem Bogen in den See.

Bocky erstarrt. »D-D-Du ha-hast es getan!«, stottert er mit aufgerissenen Augen.
»Chef, was sollen wir jetzt machen?«, fragt Rucki.
»Na, was wohl, du Windbeutel?«, schreit der Bandenchef.
»Los, wir tauchen hinterher!«
Im Nu sind die Rattenjungs abgetaucht. Mit einem Mal ist es still über dem See.
»Ob die den Funkelstein wiederfinden?«, fragt Isabella.
»Der See sieht ziemlich tief aus«, sagt Manni.
»Und ganz schön trübe«, sagt Eliot.
In diesem Augenblick tauchen die Rattenjungs wieder auf. Prustend schreit Bocky: »Und?«
»Nichts, Chef!«, rufen die anderen wie aus einem Mund.
»Weitermachen!«, befiehlt Bocky und schon sind sie wieder abgetaucht.
»Die beachten uns gar nicht mehr«, sagt Eliot.

»Hihi, Bocky denkt nur noch an den Funkelstein«, kichert Isabella.
Nur schnell weg von Bocky Bockwurst und seiner Bande!
Und während Manni sein Spezial-Manni-Floß auf den See hinaus steuert, erzählen Eliot und Isabella vom Wiedersehen mit Bruno, von den Bären Ursula und Rüdiger, und Manni berichtet, wie er das Cabrio repariert hat, wie ihm langweilig wurde und er das Floß gebaut hat.
»Beinahe hätten die Kartoffelbrei aus uns gemacht«, sagt Manni.
»Oder Pflaumenmus«, grinst Isabella.
»Oder Spaghetti mit Tomatensoße«, lacht Eliot.
Und als das Cabrio am Abend in Richtung Stadt saust, denken sich die drei Rattenkinder ein Funkelstein-Bocky-Bockwurst-Gedicht aus.

Es war einmal ein Funkelstein,
der fiel auf Bocky Bockwurst rein.
Bocky, dieser fiese Schurke,
diese üble Stinkegurke,
steckte nämlich nun den Stein
in ein Sahnestück hinein.
Dunkel war's, die Sahne klebte,
der Funkelstein vor Zorn erbebte.
Da kam der Bruno Bär des Wegs,
der fraß ihn auf, als wär's ein Keks.

Als Nächstes fand der Stein Versteck
in des Eliots Handgepäck.
Eliot, der warf den Stein
in den großen See hinein.
Im Wasser fühlt der Stein sich wohl
wie ein Spatz in Südtirol.
Und Bocky Bockwurst und Halunken?
Die suchen, wenn sie nicht ertrunken,
am Seegrund nach der Funkelbeute.
Womöglich suchen sie noch heute …

Ingo Siegner

Eliot und Isabella und die Abenteuer am Fluss

Mit farbigen Bildern von Ingo Siegner
128 Seiten (ab 5), Gulliver TB 74121

Eliot, der kleine Rattenjunge, wird von einer Hochwasserwelle weit hinaus aufs Land gespült. Zum Glück trifft er das Rattenmädchen Isabella! Auf ihrem langen Weg zurück in die Stadt erleben die beiden ein Abenteuer nach dem anderen.
Ein großes Vorlesevergnügen mit vielen farbigen Bildern!

Ingo Siegner

Eliot und Isabella und das Geheimnis des Leuchtturms

Mit farbigen Bildern von Ingo Siegner
128 Seiten (ab 5), Gulliver TB 74490

Au Backe! Für Eliot und Isabella, die beiden dicken Rattenfreunde, wird es wirklich brenzlig: Im Ratzekooger Leuchtturm spukt es gewaltig, und dann rückt ihnen auch noch Bocky Bockwurst & Bande übel auf die Pelle. Können ihnen der Zwergpinguin Rakete und Fiete Flunder aus der Patsche helfen?

GULLIVER www.beltz.de
Beltz & Gelberg, Postfach 10 01 54, 69441 Weinheim